두 번째 거짓말

두 번째 거짓말

정해연 장편소설

YODA FICTION 02

요다

프롤로그

비명이 어둠을 갈랐다. 찢겨진 자루에서 터져 나오듯 낡은 주택 사이 골목에서 뛰쳐나온 소녀의 얼굴을 점령한 것은 절망이었다. 도로를 가로지르는 소녀의 맨발에는 피가 엉겼다. 옷은 엉망으로 더럽혀져 있었고, 마구잡이로 뜯겨 나간 단추가 소녀의 뜀박질을 따라 덜렁거렸다. 차가 오는지도 확인하지 못한 채 달려 나가던 소녀가 우뚝 걸음을 멈추었다. 소녀는 뒤를 돌아보았다. 골목이 소녀를 다시 삼키려는 듯 시커먼 입을 벌리고 있었다. 소녀는 고개를 저었다. 두 번 다시 그곳으로 돌아갈 마음은 없었다.

거친 숨을 몰아쉬었다. 씨근덕거리는 가슴을 따라 시선이 위아래로 움직였다. 그래서라고 생각했다. 어둠이 일렁였다고 느낀 것은.

순간 어둠 속에서 한 남자가 뛰쳐나왔다. 소녀는 주춤 뒤로 물러났다.

그 남자는 조금 전 소녀가 가로지른 도로 앞에서 무언가를 찾듯 주변을 두리번거렸다. 도망쳐야 했다. 소녀의 발이 한 발짝, 두 발짝 뒤로 옮겨 갔다. 그러나 남자의 눈이 더 빨랐다. 남자가 소녀를 발견하고야 말았다. 어둠 속에서 남자의 눈이 매서운 빛을 발했다. 남자가 퉁겨지듯 달리기 시작했고, 소녀도 사력을 다해 도주했다.

소녀는 자신의 맨발에서 피가 흐르는 것을 느꼈다. 길 위의 모래가 발바닥을 파고들었다. 하지만 멈출 수 없었다. 어둠 속에서 빛을 발한 것은 남자의 눈빛만이 아니었다. 그의 손에 들려 있던 칼이 서늘하게 빛났다. 날 위로 진득한 피가 흘렀다.

소녀는 이 상황을 믿을 수가 없었다. 악몽이라고 믿고 싶었다. 왜 이렇게까지 되어버렸는지 스스로도 알 수 없었다. 그저 어둠으로부터 도망치는 일밖에는 할 수 있는 것이 없었다.

미친 듯이 달려 나간 소녀가 땅 위를 구른 것은 문을 닫은 상점들을 지나쳐 한참이나 더 나아갔을 때였다. 넘어진 소녀의 발 끝에 출입 금지 표지판이 구르고 있었다. 소녀는 고개를 들었다. 그제야 자신이 빛 속에 도착했다는 것을 깨달았다. 길을 따라 늘어선 나트륨등이 도로를 호박색으로 물들였다. 차들이 무심히 지나갔다.

"괜찮아요?"

느닷없이 날아든 목소리에 소녀는 감전이라도 된 듯 온몸을 둥글게 말았다. 숨이 멈췄다. 등줄기가 뻣뻣하게 굳었다. 벌어진 입에서 신음 소리조차 나오지 않았다. 꼼짝도 못 하고 있는 그녀의 앞쪽으로 목소리의 주인이 다가섰다.

"도와줄까요?"

소녀의 눈이 휘둥그레졌다. 목소리는 조금 전 그녀를 쫓아오던 남자의 것이 아니었다. 20대 중반쯤 되어 보이는 젊은 남자가 걱정스러운 듯한 눈길로 소녀를 보고 있었다. 소녀가 원한다면 그는 자신의 손을 기꺼이 내밀 준비가 되어 있는 것처럼 보였다. 소녀는 그에게 도움을 청하고 싶었다. 그러나 그러지 않았다. 사타구니의 역력한 통증이 소녀의 정신을 일깨웠다. 소녀는 남자에게 손을 내미는 대신 헤쳐진 앞섶을 그러쥐었다.

소녀는 비틀거리며 일어났다. 주변을 둘러보았다. 칼을 든 남자는 보이지 않았다. 대답 없이 자신을 향해 내밀어진 손을 지나쳤다.

말없이 가버리는 소녀를 젊은 남자는 한동안 지켜보았지만 곧 고개를 갸웃하고는 돌아섰다. 소녀는 한참을 걸었다. 더 이상 소녀는 누구와도 마주치고 싶지 않았다. 자신을 도울 수 있는 사람은 아무도 없었다.

소녀는 집에 도착했다. 집 역시 어둠에 묻혀 있었지만 그것은 소녀에게 차라리 안도감을 주었다. 그 어둠으로도 모자라 소녀는 침대 위로 올라가 이불을 덮어썼다. 그제야 몸이 우두두 떨렸다. 지치고 피곤했다. 이대로 영원한 잠에 빠져든다면 바랄 것이 없을 듯했다. 소녀는 자신의 뺨을 눈물이 적시고 있다는 것도 알지 못했다. 정신이 육체보다 먼저 어딘가 먼 곳으로 향하고 있었다. 그러나 잠에 빠지지는 못했다.

쾅. 쾅. 쾅.

누군가 문을 두드리고 있었다.

I

사건 현장은 은파동의 한 주택가 골목에 있는 폐가였다. 그 지역은 재개발 지구로 선택된 이후 이주를 시작한 동네였다. '재개발 반대'라는 현수막을 내건 몇몇 집만을 빼고는 모두 대문에 빨갛게 X자가 그어져 있었다. 이미 이주한 집이라는 표식이었다. 대문마다 꽁꽁 묶인 줄에 '출입 금지'라는 글자가 쓰여 있었다. 하지만 그 집에는 줄이 떨어져 나가 있었다.

발견자는 인근 역사를 전전하던 70대 노숙인이었다. 추위를 피해 이곳까지 찾아온 그를 맞이한 것은 빈집에서 나는 오래된 곰팡이나 짙은 먼지 냄새, 아니면 불량 학생들이 놀다 버리고 간 본드 냄새 같은 것이 아니라, 그가 생전 처음 맡아보는 비린 내였다. 버려진 그 집의 먼지 가득한 방 한가운데에서 그가 발견한 것은 시신이었다.

사건 현장에는 곧장 은파경찰서 강력1팀의 형사들이 급파되었다. 가장 가까운 지구대에서 현장으로 가 시신을 확인하고 강력1팀과 국과수에서 사람이 오기 전까지 현장 보존 작업을 실시했다.

현장에 도착한 이들은 최미령과 채은호 형사였다. 불과 몇 시간 전 진포동 살인 사건의 종결 보고서를 등록하고 며칠 만에 집에 들어가겠다고 웃던 두 사람이 이곳에 와 있었다. 미령과 채은호는 서로를 향해 쓴웃음을 지으며 안으로 들어섰다.

내부에는 먼저 도착한 국과수 대원들이 현장을 감식하고 있었다.

"왔어?"

안에서 먼저 도착해 있던 강준식 팀장이 나왔다. 두 사람은 강준식에게 살짝 목례를 한 후, 곧장 눈을 빛냈다.

"피해자는요?"

"안에."

강준식이 집 안쪽을 가리켰다. 미령과 채은호는 계단을 뛰어올랐다. 현관문 안으로 들어서니 마주한 방문이 열려 있었고, 방 가운데에 시신이 일직선으로 누워 있는 것이 보였다. 시신은 꺾인 목만 벽에 기대어진 상태였다. 두 사람의 시선을 가장 먼저 사로잡은 건 시신의 복장이었다. 교복이었다.

미령과 채은호는 비치되어 있는 보호 덧신을 신발 위에 씌우고 손에 라텍스 장갑을 끼며 안으로 들어갔다. 방에서는 이미 현장 감식 작업이 거의 끝나가고 있었다. 다행히 족적과 지문이 많이 남아 있는지 번호를 매긴 통행판이 제법 세워져 있었다. 채은호가 물었다.

"피해자 신원 확인은요?"

"송군호. 교복에 이름이 새겨져 있더라구. 은파중학교 교복이라서 학교에 문의해놨으니 당직자한테 전화가 오겠지."

그때 미령의 몸이 살짝 뒤로 넘어갔다. 채은호는 얼른 미령의 한쪽 팔을 잡았다. 얼굴이 하얗게 질려 있었다.

"왜 그러세요, 선배? 괜찮아요?"

미령은 고개를 내저었다.

"별거 아냐. 너무 어린애라서 좀 놀랐어."

"그럴 만하지. 최 형사 딸이랑 비슷한 나이대잖아."

강준식이 말을 거들었다. 채은호는 재차 미령이 괜찮은지를 물었다. 연이은 사건 탓에 둘 다 과로한 상태였다. 채은호가 미령에게 힘들 테니 나가 있는 편이 어떻겠느냐고 말하려던 차, 그녀가 괜찮다며 팔을 뺐다. 그새 의연한 얼굴이었다. 그는 미령에게서 시선을 돌려 시신의 상태를 확인했다. 일단 육안으로 목에 한 번 복부에 한 번 정도의 자상이 보였다. 주변을 둘러보았지만 범행 도구는 보이지 않았다.

"범행 도구는요?"

"아직 발견 안 됐어. 다행히 CCTV는 골목 벗어나면서 큰 도로로 나가는 기점에 설치된 게 있어서 확인 요청 해놨어. 이 골목에서 다른 곳으로 나가는 길은 없으니 CCTV에 분명 잡혔을 거야. 두 사람 진포동 사건 끝났지?"

그 질문은 둘을 이번 사건의 담당자로 지정하겠다는 뜻이었다. 채은호가 말했다.

"끝나긴 했는데, 이번 건은 저랑 박 형사님이 맡게 해주세요. 최 선배 그동안 집에도 못 들어갔는데."

"괜찮습니다. 제가 맡겠습니다."

미령의 말에 강준식은 '역시'라고 말하고 싶은 얼굴로 고개를 끄덕이고는 방을 나갔다. 채은호가 살짝 인상을 쓰며 미령을 보았다.

"박 형사님은 요새 꼬박꼬박 집에 들어가셨잖아요. 일 좀 미루셔도 되는데 웬 고집이세요? 게다가 혜리도 혼자……."

"채 형사."

미령의 말에 채은호의 입이 다물렸다.

"배려는 고마운데, 웬만하면 배려는 선배가 하게 해줘. 후배한테 배려받는 이 상황 말이야, 여자니까 봐줍시다, 그렇게 말하는 걸로 들리거든?"

그런 의도는 아니었다고 말하고 싶었지만, 미령이 채은호의 어깨를 툭툭 두드리는 바람에 그대로 입을 다물 수밖에 없었다.

채은호는 미령을 향해 슬쩍 웃어 보이고는 시신 옆에 앉았다. 그는 한참이나 들여다보다가 시신의 손을 들었다.

양쪽 손 모두 손톱이 없었다.

채은호는 날카로워진 눈빛으로 방 안을 훑었다. 여기저기에 감식반에서 지문을 채취한 흔적이 남아 있었다.

"손톱이 없네. 몸싸움이 있었나 봐. 그러니까 자기 유전자라도 발견될까 봐 손톱을 일일이 뺀 거지. 잔인한 놈이야."

미령이 말했지만 잠시 동안 채은호는 대답하지 않았다. 그러고는 고개를 저었다.

"유전자 발견될 게 두려워서 손톱을 뺀 사람이 지문은 온 방 안에 남겨뒀다고요?"

그제야 미령은 방 안을 둘러보았다. 지문을 채취하느라 묻은 약품 자국이 수두룩했다. 족적 역시 상당히 남아 있었다.

"저건 발견자 지문일 가능성이 커."

"발견자는 노숙인이라고 했어요. 집 안에 들어오자마자 시신을 발견하고 바로 나가서 신고했다는 소리 들었잖아요. 저렇게 많은 지문이 남을 리가 없어요."

출동 명령을 받을 때 사전 고지로 들은 내용이었다. 아, 하며 미령은 자기도 모르게 아랫입술을 깨물었다.

"자기 유전자가 발견될까 봐 손톱을 일일이 뺀 범인치고는 이상한 현장이네요. 지문이 여기저기 남아 있다니요. 여기는 재개발 지역이라 사람들도 들어오지 않아요. 시간이 많았을 텐데 왜 손톱은 빼면서 지문은 닦지 않았을까요?"

미령의 얼굴이 어두워졌다. 채은호의 질문에 대한 답을 이리저리 생각해보지만 뚜렷한 무언가가 떠오르지 않는 모양이었다. 채은호 역시 마찬가지였다.

"일단 서로 들어가자. 피해자 확인도 해야 하고 지문 감식 결과도 금방 나올 거야. 시체 상태가 육안으로도 죽은 지 오래되지 않은 걸로 보이니 CCTV 영상도 금방 찾을 거니까. 뭐라도 쥐고 수사를 하자."

미령의 제안에 채은호가 고개를 끄덕였다. 피해자가 미성년자인 만큼 관련 기관의 직원들이 빠르게 대처해줄 것이었다.

은파경찰서까지는 차로 약 5분 거리였다. 평소 같으면 10분은 족히 걸렸을 테지만 차가 거의 없는 새벽 시간대라 기준 속도를 유지하며 달려도 금세 도착할 수 있었다. 경찰서 주차장에 들어서면서 시계를 본 채은호는 그제야 자신이나 미령 모두 서른 시간째 잠을 못 자고 있다는 것을 깨달았다. 운전을 하고 있는 미령의 옆얼굴을 물끄러미 보았다. 그다지 피로가 느껴지지 않았다. 존경스러웠다.

은파경찰서로 발령을 받고 미령을 처음 만났을 때는 그저 평범한 선배 정도로만 생각했다. 그러나 그녀가 갖춘 격투 실력과

체력은 남자 형사들에 비견해도 될 정도였다. 게다가 혼자 딸을 키우면서도 절대 배려를 바라지 않는다는 사실을 알았을 때 존경심이 생겼다. 그녀는 일을 할 때 개인적인 이야기는 절대 하지 않았다. 여러 방면에서 철두철미한 사람이었다.

피곤하지 않느냐는 물음은 그녀에게 필요치 않아 보였다. 자신도 그런 형사가 되고 싶다는 생각을 했을 때, 미령이 주차를 마쳤다.

미령과 나란히 강력1팀 사무실로 들어갔다. 강준식은 전화를 받고 있었다. 그는 두 사람을 향해 손을 살짝 들어 보이며 회의용 테이블을 가리켰다. 전할 말이 있으니 기다리라는 뜻이었다. 두 사람은 테이블로 향했다. 강력팀 사무실에는 세 사람 외에 아무도 남아 있지 않았다. 채은호가 커피라도 타 올까 생각할 때 강준식이 전화를 끊었다.

"잠깐 기다려. 전화 한 통화만 더 하고."

그는 급히 어딘가로 전화를 걸었다.

"사망 추정 시각은 아직 나오지 않았어요. 발견된 11시부터 거꾸로 올라가면서 그 골목을 통과한 사람 전부 뒤져주세요. 다행히 재개발 지역이라 통행인이 거의 없는 동네거든요. 발견자와 피해자 외에 찍힌 사람이 있으면 그 사람이 범인일 가능성이 높아요."

전화를 끊은 강준식이 잰걸음으로 두 사람에게 다가왔다. 그는 자리에 앉자마자 깊은 한숨을 내쉬면서 마른세수를 하였다. 미령과 채은호는 그가 먼저 입을 열기를 기다렸다. 얼굴을 쓸어내린 강준식이 말했다.

"피해자 확인됐어. 은파중학교 3학년 송군호. 부모에게 연락했고 시신 확인하러 오는 중이야. 실종 신고 같은 건 생각도 안 하고 있더군. 원래 문제가 많은 아이였던 모양이야. 이 시간까지 안 들어와도 그냥 그러려니 했대. 하루 이틀 일이 아니라서. 시신으로 발견되었다는 소리에는……. 애 엄마가 말도 안 된다고 하면서 오열하더라고. 이럴 때 제일 마음이 안 좋아. 그 어린 애가 왜……."

강준식이 말끝을 흐렸다. 잠깐 무거운 공기가 감돌았다. 채은호는 조금 전 강준식의 통화 내용을 떠올리며 말했다.

"부모님이 피해자를 마지막으로 본 게 언제라고 하나요?"

"응. 오전 10시쯤. 학교 안 가냐고 난리를 치면서 깨웠다더군. 이럴 줄 알았다면 차라리 학교를 안 보낼 걸 그랬다고 우는데……. 뭐 암튼 그 이후로는 연락 같은 걸 안 했대. 학교 당직자에게 연락해서 확인 부탁했더니 오늘은 결석으로 되어 있더라구."

"연락도 없이 결석했는데 담임이 집에 전화를 안 했나 보죠?"

"꽤 문제가 많았던 거 같더라고 얘기했잖아."

오죽했으면 그러겠어, 라고 덧붙이며 강준식이 고개를 절레절레 저었다. 미령은 강준식의 말에 귀 기울이며 수첩에 뭔가를 적어 넣고 있었다. 평소에도 별로 말이 없던 미령이지만, 오늘은 좀 더 조용했다.

"시신은요?"

"국과수로 들어갔어. 일단 부모님 확인 거친 후에 부검에 들어갈 거야. 민 박사한테 미리 전화를 받긴 했는데 겉보기에 별다른 타박상 흔적은 없더래. 사망 원인은 목에 있는 자상이 주 원인으로 보이고. 일단 부검을 해봐야 아는 거긴 하지."

학생들끼리의 주먹다짐이나 폭행 같은 일이 아니라는 말이었다. 강준식은 타박상이 거의 보이지 않는 걸로 봐서 수면제 섭취 여부까지도 확인해봐야 한다고 했다. 그의 말을 듣고 있던 채은호의 눈에 빛이 스쳐 지나갔다. 강준식이 그 순간을 놓치지 않았다.

"뭣 좀 알겠어?"

채은호는 어깨만 으쓱했다.

"지문 감식이랑 부검 결과 다 나와봐야 아는 거죠."

"표정이 달라지던데."

"그냥 이런저런 생각 해본 겁니다. 탐정놀이쯤으로 생각하세요. 전 최 선배 옆에 딱 붙어서 시키는 일만 해도 중간은 가니까요."

채은호가 너스레를 떨었다. 강준식이 그럴 줄 알았다며 후배 관리 잘하라고 농담을 하자 미령도 함께 웃었다.

"과수 팀에서 전화 올 때까지 커피 한잔하시죠. 제가 준비해올게요."

채은호가 일어나 사무실 끝에 있는 정수기 쪽으로 갔다. 조악한 테이블에 커피와 차가 종이컵과 함께 비치되어 있었다. 커피를 타는 채은호에게 미령과 강준식의 대화가 들렸다.

"이번 일 백업 확실히 할 테니까 최대한 빨리 해결해줘. 이거 범인도 10대 애들이면 소란스러운 거 알지?"

"네."

요즘은 빠른 해결을 원하는 피해자의 부모보다 여론을 더 신경 써야 하니 채은호는 역시 아이러니하다고 느꼈다.

그때 전화벨이 울렸다. 세 사람의 시선이 동시에 전화기 쪽으로 향했다. 강준식의 표정에서 웃음이 사라졌다. 그는 재빨리 일어나 전화기 쪽으로 향했다. 발신자 번호를 확인하고는 수화기를 들기 무섭게 말했다.

"지문 감식 결과 나왔어? 용의자 신원 파악됐지?"

그의 얼굴이 곧장 일그러졌다. 그는 뭔가를 잘못 들은 사람처럼 되물었다.

"누구?"

강준식의 눈이 미령 쪽으로 향했다. 미령은 자기도 모르게 살짝 일어서며 어리둥절한 얼굴을 했다. 커피를 준비하던 채은호도 미령의 옆으로 왔다. 강준식이 뭔가에 홀린 듯한 눈으로 천천히 전화를 끊었다.

"나왔답니까? 누구라는데요?"

채은호가 물었지만 강준식은 미령만 볼 뿐이었다.

"최 형사."

"네."

"최석태…… 네 아버지 어딨냐."

2

미령이 아버지의 모습을 마지막으로 본 것은 정확히 20년 전이었다. 미령은 당시 스물두 살이었고, 1년 휴학을 한 탓에 대학교 2학년생이었다. 아버지는 마지막까지도 술에 찌들어 있었다. 불콰한 얼굴에 박힌 흐릿한 눈으로 낡은 옷장에 기대 앉아 떠나는 미령을 쳐다볼 뿐이었다. 그런 아버지의 옆에는 빈 술병이 굴러다녔고, 맡기만 해도 속이 뒤집혀버릴 것 같은 구토의 냄새가 술 냄새에 뒤섞여 방 안을 떠돌고 있었다.

미령은 집 밖으로 나가는 내내 뒤도 한번 돌아보지 않았다. 죄책감은 없었다. 오히려 원래의 계획보다 집을 떠나는 일이 늦어진 것이 아쉬울 따름이었다. 혼자 남을 아버지에 대한 걱정? 아버지는 자신에게 그런 것을 바라서는 안 된다고 미령은 생각했다.

어렸을 적부터 꿈꿔온 순간이었다. 쉬운 일이 아니었다. 중학생 때부터 아르바이트로 번 돈을 대학 입학에 다 썼고, 이후에도 수업료에 돈을 버는 대로 전부 썼다. 독립이 늦어질 수밖에 없었다. 뒤늦게라도 아버지를 떠날 수 있어서 기뻤다. 아버지가 자신에게 해준 것은 아무것도 없었다. 술에 취해 들어와 아무 데나 구토를 했고, 지긋지긋한 술주정을 부렸다. 미령이 밥을 먹었는지, 학업에 필요한 물품은 없는지 단 한 번도 신경 쓰지 않았고 생활비 같은 것도 없었다. 미령은 가끔 들르는 고모가 주는 돈으로 빵을 사 먹었고, 중학생 때부터 스스로 돈을 벌어 살았다. 아버지라는 사람이 해야 할 그 어떤 책임도 지지 않았으니, 딸에게 무얼 바라서도 안 되는 사람이었다.

그렇게 떠난 이후 아버지에 관한 연락을 딱 한 번 받은 적이 있었다. 7년 전이었다. 기초생활수급대상자로 선정되어야 하는데 경제 활동을 하는 딸이 있어서 힘들다고 했다. 아버지와 만나지 않고 경제적 지원도 하지 않는다는 문서에 사인을 해주면 선정될 수 있다고 했다. 그것이 딸로서 아버지에게 해준 마지막 일이었다.

그런 아버지의 이름을 이런 순간에 들을 줄은 미령으로선 꿈에도 알지 못했다.

"최석태…… 네 아버지 어딨냐."

미령은 뭔가를 잘못 들은 사람처럼 크게 뜬 눈을 껌벅였다.

"그게 무슨."

"AFIS^{지문자동식별시스템}에 최석태 신원이 떴어. 가족 관계 확인해 보니 네 아버지라고 과수대에서 연락 온 거야. 피해자의 지문 외 다른 지문들도 있었지만 확인이 안 되는 지문이거나 이전에 살던 사람들의 오래된 지문이었어. 그 현장에서 네 아버지 지문이 나올 이유, 따로 있나?"

미령은 머릿속이 백지장 같았다. 무슨 소리인지 얼른 알아들을 수 없었지만 뭔가에 홀린 듯 고개를 가로저었다.

"자네는 지금부터 이 사건에서 빠진다. 채은호가 사건 맡고 내가 직접 컨트롤한다. 채은호 따라 나와!"

채은호는 당황한 얼굴로 미령을 잠깐 보고는 얼른 그의 뒤를 따랐다. 혼자 남은 그녀는 지금 자신에게 무슨 일이 벌어졌는지 도저히 이해할 수 없다는 표정으로 서 있다가 뒤통수를 맞은 듯 정신을 차리고는 두 사람의 뒤를 따랐다.

"잠깐만요, 팀장님! 잠깐만요!"

그녀가 소리쳐도 채은호만 이따금 곤란해하는 얼굴로 뒤돌아볼 뿐, 강 팀장은 걸음을 멈추지 않았다. 이미 출동을 위한 승합차가 경찰서 현관 앞에 대기해 있었다. 강 팀장과 채은호가 올라탔고 이어서 문이 닫히려는 순간 미령이 문을 잡았다.

"놔!"

강 팀장이 엄한 얼굴로 소리쳤다.

"잠깐만요. 팀장님, 제 말 좀⋯⋯."

그때였다. 본관에서 과수대 쪽 대원 하나가 태블릿PC를 들고 달려 나왔다. 미령도 잘 알고 있는 김순덕 대원이었다. 그는 강력팀원들의 설왕설래에는 관심이 없다는 듯 곧장 차 안에 있는 강 팀장에게 태블릿PC를 내밀었다. CCTV 영상이었다.

"큰일 났습니다, 팀장님. 이거 보세요!"

강 팀장은 물론이고 채은호와 미령까지 태블릿PC에 시선을 박았다. 영상 속에서 큰 도로 쪽으로 한 여자아이가 달려 나왔다. 그녀는 뒤를 돌아다보았다. 그러고는 찻길 쪽으로 달리기 시작했다. 약간의 간격을 두고 골목에서 빠져나온 사람이 있었다. 모두 그가 최석태, 미령의 아버지라는 사실에 의심을 품지 않았다. 그가 쥐고 있는 서슬 퍼런 칼이 모두의 시야에 뛰어들었다. 미령은 비명이 터져 나올 것처럼 두 손으로 입을 감쌌다. 강 팀장이 말했다.

"CCTV 계속 추적해서 도망가는 여자애가 누군지 어디로 갔는지 찾아야 돼. 긴급 상황이야."

순간 미령이 강 팀장의 손에서 태블릿PC를 빼앗아 갔다. 그녀의 손이 덜덜 떨리고 있었다. 강 팀장이 뭐 하는 거냐고 소리를 질렀지만 미령에게는 들리지 않는 것 같았다. 그녀는 영상을 처음부터 다시 돌려본 뒤 한 손으로 자신의 입을 틀어막았다. 하지만 도저히 말하지 않고는 견딜 수 없는 진실 앞에 그녀는 입을 열었다.

"혜리……. 제 딸이에요."

"뭐?"

"제 딸을 죽이러 갔다고요!"

강 팀장이 아연실색했다. 미령은 거의 제정신이 아니었다. 그 순간에 중심을 잡을 수 있는 것은 채은호뿐이었다. 채은호는 승합차에서 내려 미령의 팔을 잡아 자신을 마주 보게 돌려세웠다. 그는 그녀의 팔을 꼭 쥐었다.

"혜리 전화번호 뭐예요?"

미령의 떨리는 시선이 채은호에게로 향했다.

"빨리 말하라고요."

"010……."

그녀는 몇 번이나 아랫입술을 깨물면서 번호를 말했다. 채은호는 전화번호를 적어 김순덕 대원에게 넘겼다.

"이 번호 바로 위치 추적 들어갈 수 있게 요청 부탁드립니다. 지금 저희 1팀 직원이 하나도 남아 있지 않아요. 비번 형사들에게 비상 연락 좀 부탁드립니다."

"네."

채은호는 재빨리 차에 올라타면서 멍하니 서 있던 미령의 팔을 낚아챘다. 그 힘에 미령은 끌어 올려지듯 승합차에 올랐다. 채은호가 문 닫기 무섭게 차량이 출발했다.

"대체 아버지와 무슨 일이 있었던 거야. 아버지 주소가 암 환자들 보호하는 요양원으로 되어 있던데."

강 팀장의 말이 곧장 입력되지 않고 귓가에서 윙윙 울리는 듯했다.

"요양원……."

"선배, 정확히 말해야 해요. 그래야 빨리 찾을 수 있어요. 동영상에서 아버님이 혜리를 쫓아간 시간에서 벌써 한 시간이나 흘렀어요."

미령은 눈을 깜박였다. 정신을 차리려는 듯 머리를 좌우로 흔들었다. 여전히 떨리는 목소리였지만 그녀는 말했다.

"20년 전에 절연한 분이에요. 요양원에 있는지도, 병에 걸렸는지도 몰랐어요. 이제 와서 무슨 일이 있을 수도 없는 사람이라고요."

그녀는 양손에 얼굴을 묻었다. 손끝이 파르르 떨리고 있었다. 하얗게 질린 얼굴이 가느다란 손가락 사이사이로 보였다. 그녀가 이렇게 당황하는 것도, 이렇게 무너지는 것도 채은호는 처음 보았다.

미령은 계속 혜리의 휴대폰으로 전화를 걸었지만 좀체 통화로 연결되지 않았다. 그녀의 아랫입술은 너무 깨물어 새빨개져 있었다. 피가 마르는 시간이 이어지고 있었다. 5분 정도 지났을까. 강 팀장의 전화가 울렸다.

"뭐? 알았어."

전화를 끊은 강 팀장을 향해 채은호와 미령의 시선이 동시에 꽂혔다. 강 팀장이 미령에게 물었다.

"혹시 은파6지구 아파트가 집이야?"

미령이 고개를 끄덕거렸다.

"거기로 위치가 나와."

미령은 비명을 삼키며 시트의 끝자락을 힘껏 부여잡았다.

은파6지구 아파트는 지어진 지 20년이 지난 곳이었다. 요즘 지어지는 고급 아파트 단지들과 달리 정문에서 차량 진입이 통제되지 않았고, 1층 현관 출입구에는 보안 장치도 설치돼 있지 않았다. 관리비 절감을 위한 조치로 동별로 있던 경비실을 폐쇄하고 아파트 단지 중정에 간이식으로 경비실 하나를 지어놓았는데, 근무자는 모두 70세가 넘은 고령자였다. 경찰 차량이 진입했을 때 그들은 신문을 읽고 있다가 급정거하는 소리에 놀라선 창문을 열고 무슨 일인지 내다보았다.

차가 서기 무섭게 미령이 뛰었고 그 뒤를 채은호와 강 팀장이 따랐다. 다행히 미령이 동 현관에 들어갔을 때 위층에서 내려오는 사람 덕에 엘리베이터가 열리고 있었다. 세 사람이 엘리베이터에 올라타자 미령이 12층 버튼을 눌렀다. 올라가는 동안 오로지 미령의 신음 섞인 거친 숨소리만이 들릴 뿐이었다. 미령의 인생에서 가장 긴 순간일지도 몰랐다.

채은호는 난생처음 겪는 사건에 머릿속이 어지러웠다. 현직 형사의 아버지가 자신의 손녀를 죽이려 하다니. 미령의 딸과 그 시신은 무슨 관계일까. 왜 할아버지는 손녀를 죽이려 할까.

12층에 엘리베이터가 서자 미령이 먼저 뛰어내려 오른쪽에 있는 1201호의 디지털 도어록 비밀번호를 눌렀다.

"꺄아아아악!"

문쪽을 여는 순간 안에서 날카로운 비명 소리가 터져 나왔다. 세 사람은 지체하지 않고 곧장 뛰어 들어갔다. 미령이 앞장섰다. 비명 소리는 작은방에서 나오고 있었다. 미령이 방문을 벌컥 엶과 동시에 세 사람은 그 자리에 굳은 채 꼼짝도 하지 못했다.

백발이 엉망으로 헝클어진 최석태가 침대 위에서 혜리를 내리누르고 있었다. 그의 한쪽 손에는 식칼이 들려 있었다. 혜리는 손을 뻗어 간신히 칼을 막은 상태였다. 혜리의 손바닥에서 피가 흘러나왔다. 칼끝에 검붉은 피가 묻어 있었다. 최석태는 이미 피를 뒤집어쓴 채였다.

"아, 아빠……."

간신히 입을 벌린 미령이 천천히 방으로 들어갔다. 만약의 사태에 대비해 강 팀장과 채은호는 문밖에서 조금도 움직이지 않았다. 최석태를 흥분시키면 안 되었다. 채은호는 강 팀장이 점퍼 안쪽으로 손을 넣어 총을 쥐는 것을 보았다.

미령이 떨리는 손을 뻗었다.

"아빠…… 지금 뭐 하는 거예요. 그 칼 놔요. 왜 이래요. 내 딸한테 왜 이래."

최석태가 미령 쪽으로 고개를 돌렸다. 그의 눈이 황황하게 빛났다.

"더러워."

"뭐?"

"죽여야 돼!"

그는 높이 고함을 지르며 칼을 치켜들었다. 혜리가 비명을 질렀다.

"안 돼!"

미령이 소리를 지르던 그때였다. 총소리가 들림과 동시에 모든 움직임이 정지했다. 공포탄이었다.

"움직이지 마."

다음은 실탄이라고 경고하는 강 팀장의 얼굴을 최석태가 이해 안 된다는 표정으로 쳐다보았다. 그사이 강 팀장이 안으로 들어왔다.

"최석태 씨. 당신을 살인 및 살인 미수 혐의로 긴급 체포합니다. 변호사를 선임할 수 있으며……."

그가 체포 전 고지를 하는 동안 미령은 침대에 누워 있던 혜리를 끌어안았다. 혜리의 온몸이 부들부들 떨리고 있었다. 미령은 혜리의 몸 여기저기를 살폈다. 손 말고는 다른 상처가 없는

28

것 같았다.

"하느님."

미령은 울면서 자신의 딸을 끌어안았다. 최석태는 그 자리에서 체포되었다.

강 팀장과 채은호에 의해 연행된 최석태는 그들이 타고 온 차량 뒷좌석 중간에 태워졌다. 아파트 아래까지 내려온 미령이 강 팀장에게 말했다.

"내일 경찰서로 가서 제가 아는 대로 다 말씀드릴게요. 오늘은 혜리가 너무 놀란 것 같아서……."

"제가 병원에 데리고 갈까요? 다친 것 같던데."

채은호의 말에 미령이 고개를 저었다.

"내가 데리고 갈게. 강 팀장님, 부탁드릴게요. 혜리 방은 감식할 수도 있으니까 손도 대지 않을게요. 사건에 제가 관여도 하지 않고요. 오늘 밤만 혜리가 안정을 취할 수 있게 부탁드려요."

미령은 강 팀장에게 고개를 숙였다. 강 팀장 역시 이해 못 할 바는 아니었다. 이 사건의 경우에는 살인 미수범이 현장에서 체포되었으니 당장 감식할 필요는 없을 것이었다.

"그래."

강 팀장과 채은호가 차례로 차에 올랐다. 마지막까지 두 사람에게 연신 머리를 숙여 감사하다는 미령에게 채은호는 위로의 말을 하려다 그만두었다. 차가 출발했다. 룸미러를 통해 아직도 들어가지 않고 서 있는 미령이 보였다. 미령은 단 한 번도 자신의 아버지를 보지 않았다.

승합차 뒷좌석의 강 팀장과 채은호 사이에 최석태가 앉아 있었다. 조금 전 그 난동을 부린 사람이라고는 상상도 되지 않을 만큼 그는 고개를 숙인 채 얌전히 앉아 있었다. 이따금 어딘가가 불편한 듯 크게 숨을 쉬거나 등을 둥글게 말 뿐이었다. 뭐가 불편하냐고 물어도 그는 대답하지 않았다. 강 팀장이 답답하다는 듯 한숨을 내쉬며 말했다.

"어차피 조사하게 되겠지만 무슨 사정인지 물어나 봅시다. 대체 왜 손녀를 죽이려고 한 겁니까?"

이번에도 그는 고집스럽게 다문 입을 열지 않았다. 한숨을 쉬며 강 팀장이 차창 너머로 시선을 던졌다. 그러고는 혼잣말처럼 말했다.

"오죽했으면 최 형사가 20년이나 연을 끊었겠어. 오죽했으면."

그 순간, 최석태의 어깨가 살짝 떨리는 것을 채은호는 보았다.

강 팀장과 채은호를 보내고 돌아온 미령은 혜리의 침대에 묻은 피만 보아도 손이 덜덜 떨렸다. 당장 저 시트를 걷어 버리고 싶지만 지금 중요한 것은 따로 있었다. 혜리는 침대 끝에 앉아 피가 흐르는 손을 다른 한 손으로 쥐고 있었다. 형편없이 구겨진 옷을 갈아입힐까 하다가 빨리 병원으로 가는 편이 나을 것 같아 혜리의 옷장을 열었다. 작년 겨울에 입고 난 뒤 세탁해둔 코트를 꺼내 혜리의 어깨에 걸쳐주고 감싸 안았다.

"자, 일어나자."

혜리는 아무런 말도 하지 않은 채 조용히 그녀를 따라나섰다. 미령은 운전할 기력이 남아 있지 않았지만 저 상태의 혜리를 데리고 택시를 잡을 수가 없을 듯했다. 혜리를 데리고 지하로 내려가 주차해두었던 자신의 차에 올라탔다. 시동을 걸자 요란스러운 엔진 음이 들려왔다. 혜리의 비명이 떠올라 미령은 잠시 눈을 감았다.

혜리의 목소리를 들은 것이 얼마 만인가 싶었다. 하지만 이런 식으로 듣고 싶지는 않았다. 미령은 눈을 뜨며 아랫입술을 살짝 깨물었다. 동요하고 있을 때가 아니다. 혜리의 안정이 무엇보다 중요한 순간이었다.

미령이 혜리를 데리고 운전해 간 곳은 집 근처 대학병원 응급실이었다. 집에서 차로 5분도 되지 않는 곳이었다. 피가 뚝뚝 떨어지는 손으로 들어가니 곧장 간호사가 다가왔고, 금세 응급의학과 전문의가 내려왔다. 그는 혜리의 상처를 꼼꼼히 살폈다.

"어쩌다가 다쳤어요?"

"칼에……. 신경이 끊어지거나 한 건 아니죠?"

미령은 의사가 부상의 경위를 자세히 물어볼까 싶어 서둘러 말을 돌렸다. 전문의는 상처를 좀 더 살피더니 출혈이 많을 뿐 상처는 깊지 않다고 했다. 상처는 오른 손날 쪽에 직선으로 베인 두 개의 자상과 엄지와 검지 사이에 반원형으로 찢긴 한 군데가 전부였다. 엄지와 검지 사이의 상처는 꿰매야 할 것 같다고 해서 미령은 동의했다. 처치가 끝나는 동안 혜리는 신음 소리조차 내지 않았다.

"치료는 끝났습니다. 근데 흉터가 조금 남을지도 모르겠어요. 녹는 실이니까 집에서 소독만 잘 하시면 따로 오지 않으셔도 됩니다."

"네, 저 근데……. 오른손에 붕대를 해주셨으면 좋겠는데요."

미령의 말에 의사가 부드럽게 웃었다.

"지금 붙여놓은 파스형 밴드로도 충분할 겁니다. 붕대까지는 안 하셔도 돼요. 흉터 남는 거에 큰 영향은 없어요."

"그게 아니라……."

미령은 곤란하다는 듯 혜리를 한번 보고는 목소리를 죽여 말했다.

"이 병원 진료 기록 보면 아실 거예요. 아이가 워낙…… 거칠게 굴 때가 있어서."

의사가 눈을 동그랗게 뜨더니 차트를 보고 난 뒤에야 이해가 된다는 듯한 표정을 지었다. 이내 미령의 부탁대로 붕대를 감아주었다.

치료 후 미령은 혜리를 집으로 데려와 안방에 눕혔다. 혜리가 아무 말 없이 침대에 누워 눈을 감았다. 마치 마네킹 같아 보이기도 했다.

미령은 화장대 의자에 앉아 혜리를 쳐다보았다. 자신의 딸이 지금 무슨 생각을 하고 있는지가 궁금했다. 미령은 상처에 대해 생각했다. 손등에 난 평행을 이룬 두 직선의 베인 상처, 그리고 엄지와 검지 사이에 난 반원 형태의 상처. 15년의 형사 생활을 걸고 말할 수 있었다.

그것은 공격흔이었다.

"너지? 송군호를 죽인 것."

혜리가 눈을 떴다.

3

"엄마는 괜찮아?"

혜리가 초등학교 6학년이던 시절, 서른아홉의 미령은 인생에서 가장 힘든 시기를 넘기고 있었다. 다들 재수 없는 시기라고 부르는 아홉수. 그래서 이렇게 힘든 건가 싶도록 그녀의 결혼 생활은 순탄치 않았다. 그녀가 형사라서 멋있던 남편은 결혼 이후 불만이 많았다. 자신은 내조라는 단어는 없는 인생을 산다는 말을 친구들과의 모임 자리에서 스스럼없이 하곤 했다. 연애 때는 멋있기만 해서 결혼까지 결심하게 만들었던 점이 결혼 이후에는 이혼의 원인이 되어버렸다. 그는 미령이 형사 일을 그만두길 원했고 그녀는 그럴 수 없었다. 매일같이 지겨운 싸움이 이어졌고, 남편이 그녀의 뺨을 올려붙인 뒤 TV를 집어 던졌다. 깨진 브라운관의 파편이 그녀의 발등에 박혔을 때, 미령은 이혼

34

을 결심했다.

　남편이 처음부터 알았다, 하고 이혼을 받아들인 건 아니었다. 남편은 무릎을 꿇었다. 자신이 순간 어떻게 됐던 거라고, 두 번 다시 그러지 않겠노라고 말했다. 미령은 이해해줄 수 없었다. 다른 것은 무슨 짓이든 납득할 수 있지만 자신을 때리던 순간 남편의 그 눈빛만큼은 받아들일 수 없었다. 그것은 아버지의 눈이었다.

　남편의 짐이 집에서 모두 떠나던 날 그녀가 걱정한 것은 혜리뿐이었다. 이 일을 혜리에게 어떻게 이해시킬까. 한창 사춘기를 앓을 나이에 아버지를 떠나보내는 일, 그것도 엄마가 용서하지 못해 아버지와 이별하게 된 현실을 혜리가 이해해줄 수 있을지 그녀는 가늠조차 되지 않았다. 그날 저녁, 학원을 모두 마치고 돌아온 혜리의 손을 잡고 미령은 더듬더듬 이야기를 했다. 이제 아빠와 엄마는 같이 살지 못하게 됐다고. 아빠는 혜리를 여전히 사랑하지만 앞으로는 한 달에 두 번만 만나게 될 것이고, 혜리는 엄마와 단둘이만 살아야 한다고. 네가 좀 더 크면 사정을 설명할 수 있겠지만 지금은 자세한 이야기를 해주지 못해 미안하다고. 그런 말들을 두서없이 늘어놓았다. 아빠가 엄마를 때려서 엄마는 그걸 도무지 용서할 수가 없더라고, 그렇게 말할 수는 없었다.

　작은 혜리의 손이 미령의 뺨을 만졌다. 그제야 미령은 자신이 울고 있다는 것을 깨달았다. 아이의 손에 눈물이 젖어 나왔다. 그때 혜리가 물었다. 엄마는 괜찮냐고.

혜리를 끌어안고 밤새 울었다. 자신의 큰 등을 토닥거려주던 그 작은 손길을 아직도 잊지 못한다. 자신이 혼자 혜리를 제대로 키울 수 있을지 고민하던 그 밤도 기억하고 있다. 형사로서 누구에게도 뒤떨어지지 않는 실력을 갖추고 있고 그에 어울리는 노력을 하고 있다고 자부해왔다. 하지만 엄마로서는 어떤지 자신할 수 없었다. 혜리도 이제 곧 중학생이 되니 전보다는 독립적으로 자기 일을 할 수 있을 터였지만, 그렇다고 모든 일을 부모의 도움 없이 할 수 있는 나이도 아니었다. 자신이 다른 부모들과 똑같이 혜리를 키워낼 수 있을지를 생각하면 공포에 가까운 감정에 살 끝이 떨렸다. 그럴 때마다 자신의 등을 다독여주던 그 순간을 떠올렸다. 그러면 안심할 수 있었다. 혜리와 둘이서도 잘 살아갈 수 있겠다, 자신감이 생겼다.

그런데 중학교에 들어간 뒤 혜리가 변하기 시작했다. 그 변화를 미령이 늦게 깨달은 것이 문제였다. 교복을 고쳐 입거나, 엄마 몰래 염색을 하거나, 뻔한 거짓말로 돈을 타내는 일은 종종 있었지만 그건 다른 아이들도 마찬가지라고 생각했다. 자신은 학창 시절에 해보지 못했지만 친구들에게 그건 흔한 일이었다. 거짓말로 돈을 타내 아이들과 떡볶이를 사 먹거나, 교복 안에 몰래 사복을 입었다가 수업을 땡땡이치고 학교 담을 넘어 친구들과 놀러 가는 일들 말이다. 그 일들은 모두 부모님과 학교 선생님들의 속을 썩였지만 본인들에게는 즐거운 추억으로 남아 있다. 혜리에게도 그런 일들일 거라고 생각했다. 학교에서 전화가 오기 전까지는.

그날 미령은 대천동 빌라촌에서 발생한 성폭행 미수 사건 때문에 현장에 나가 있었다. 혼자 살고 있는 여성 직장인이었는데, 한 남자가 뒤를 따랐다. 빌라의 다른 호수에 사는 사람이라 생각하며 여자가 디지털 도어록 비밀번호를 누르고 집 안으로 들어갔고, 문이 닫히려는 순간 남자가 틈새로 손을 집어넣었다. 문을 닫으려는 여자와 문을 열려는 남자의 싸움이 이어졌고, 여자가 비명을 지르자 남자가 도주했다. 신고를 받아 출동한 경찰이 CCTV 확인을 통해 인근에 숨어 있던 남자를 체포했다. 은파경찰서에는 여청계가 별도로 설치되어 있지 않았다. 충격받은 피해자를 안정시켜 자세한 경위를 듣기 위해서는 같은 여자인 미령이 필요했다. 현장에서 CCTV를 수거하고, 피의자를 연행한 뒤, 미령은 피해자의 진술서를 받았다. 피해자는 강한 처벌을 요구했다. 피해자가 앞으로 느낄 공포심을 생각해서라도 당연한 요구라고 생각됐다. 전화는 미령이 경찰서로 복귀할 때 걸려왔다.

"어머님, 저 혜리 선생님인데요."

미령은 전화를 끊자마자 강력1팀장에게 전화해 퇴근 허락을 요청했다. 그녀가 반드시 있어야 하는 일이 없었으므로 팀장은 여러 말 없이 허락해주었다. 미령은 곧장 혜리의 학교로 차를 돌렸다.

"맞은 아이는 병원에 입원해 있고 곧 학폭위가 열릴 겁니다."

미령이 교무실로 들어가자 인사 대신 혜리의 담임선생이 그렇게 말했다.

"너무 걱정 마세요. 혜리는 그냥 옆에 있었을 뿐 직접 때린 건 아니라고 하니까 큰 처벌은 없을 거예요."

혜리는 교무실의 응접 테이블에 앉아 있었다. 그 옆으로 대여섯 명의 아이들이 더 앉아 있었다. 여자아이는 혜리 말고도 둘이 더 있었다. 미령은 혜리를 보고 놀랐다. 화장을 진하게 한 얼굴, 잘못 앉으면 속옷이 다 보일 듯 짧은 치마와 몸을 조이도록 줄인 교복을 입은 모습이 중학교 1학년생으로는 보이지 않았다. 그것만으로 놀란 것은 아니었다. 조금의 죄책감이나 미안함도 느껴지지 않는 아이의 얼굴, 그것이 미령을 얼어붙게 했다.

그리고 송군호, 거기서 그 아이를 만났다.

사건이 터진 것은 그로부터 몇 달이 지난 겨울이었다. 혜리의 학교는 방학 중이었고 미령은 여전히 바쁜 나날을 보내고 있었다. 그날은 아침부터 날씨가 우중충했다. 오후에 큰 눈이 내릴 거라고 했다.

"오늘은 뭐 할 거야?"

"집에 있을 거야. 왜 그러는데?"

"엄마가 학원 얘기한 건 생각해봤어?"

"안 가."

"왜 학원 가기 싫은데?"

"싫으니까 싫지. 묻지 마. 엄마 일이나 잘해."

혜리는 단물이 다 빠진 껌을 길에다 툭 뱉듯이 말하고는 방
문을 닫고 들어가버렸다. 미령은 한숨을 쉬었지만, 혜리의 방
문을 두드리지도, 다시 나와서 똑바로 이야기하라고 소리 지르
지도 않았다. 사춘기 아이를 대하는 것이 어려웠다. 다행히 학
교 폭력 사태는 직접적으로 폭력을 저지른 아이들이 다른 학
교로 전학을 가는 것으로 마무리되었고, 선배들 때문에 억지로
끌려갔던 혜리는 옆에 있기만 했다는 증언 덕분에 처벌을 피
했다. 그 이후로 미령은 신경을 곤두세우고 혜리를 주시했지만
폭력 사태에 가담했던 아이들을 만나는 것 같지도 않은 데다,
학교에서 별문제를 일으키지 않아서 그것만으로도 다행이라
고 생각했다. 우려되는 점이 있다면 아이의 성적이었다. 곧 중
학교 2학년이 되고 금세 고등학교에 들어갈 텐데 성적이 형편
없이 떨어지고 있었다. 학원 이야기를 꺼낸 것은 그 때문이었
지만 예민한 아이를 억지로 보내지는 못했다.

"테이블에 용돈 두고 갈 테니까 점심에 뭐 먹고 싶은 거 있음

시켜 먹어."

미령은 목소리를 높여 말하고는 식탁 위에 만 원짜리 두 장을 놓고 티슈 통으로 눌러놓았다. 혜리의 방에서는 아무런 대답도 들려오지 않았다. 짧은 한숨을 내쉬고 미령은 집을 나섰다. 주차장으로 내려가 차에 올라탔다.

급격히 추워진 날씨 덕분에 차량의 앞 유리가 완전히 얼어 있었다. 전면 유리창 쪽으로 히터를 켜고 녹기를 기다리며 라디오를 틀었다. 뉴스 전문 채널에 고정해둔 라디오에서 새로운 소식이 전해지고 있었다.

───── 몇 달 전 집에 들어가던 여성을 쫓아 들어가려다 미수에 그친 이른바 '대천동 빌라촌 사건' 기억하실 겁니다. 이 사건의 피의자에게 어제 법원이 징역 1년을 선고했는데, 주거 침입에 대해서만 인정했고 성폭행 미수 혐의는 무죄라고 판결해 논란이 되고 있습니다.

미령의 눈이 커졌다. 몇 달 전 자신이 출동했던 사건이었다. 성폭행 말고는 다른 의도를 생각할 수 없는 상황이었다. 당연히 강간 미수 기소 의견으로 검찰에 넘겼다. 그런데 강간 미수는 무죄라고 판결됐다는 것이다. 미령은 볼륨을 더욱 높였다.

───── 법원은 판결문에서 피고인이 피해자의 주거지까지 따라

들어가려 한 점, 과거에도 강제 추행의 전력이 있는 점 등에 비춰 보면 강간 의도에 대한 의심이 전혀 없는 것은 아니다. 그러나 술에 취해 아무 기억이 없다는 피의자의 주장 역시 배척할 수는 없다. 단지 성폭행의 가능성이 높다는 이유로 처벌한다면 국가형벌권을 자의적으로 행사하는 것이라 죄형법정주의에 반한다고 밝혔습니다.

미령은 화가 나 라디오를 껐다. 말도 안 되는 일이었다. 이런 뉴스가 터져버리면 어떤 여성이 불안하지 않겠는가. 그러지 않아도 많은 범죄자들에게 술에 취해 기억이 나지 않는다고 하면 그만이라는 인식이 팽배했다.

출근을 해보니 역시나 강력1팀 안에서도 그 뉴스 때문에 모두 화를 내고 있었다. 일선에서 형사들이 아무리 힘을 들여 범인을 잡아넣어도 법원에서 저런 식으로 무죄를 내려버리면 모든 고생이 물거품이 되지 않겠냐는 말이 줄을 이었다. 검찰에서 항소한다고는 하지만 어떤 판결이 나올지 지금 상황으로는 뻔했다.

그날 미령은 아주 바빴다. 여운동 아리랑치기 사건을 겨우 해결했기 때문에 사건 수사 전반에 관한 상황과 종결 보고서를 형사사법포털에 입력해야 했고, 그동안 등록하지 못한 일도 많았기 때문이다. 다행히 다른 사건이 미령에게 떨어지지 않아 빨리 일 처리를 하면 오늘은 혜리와 함께 저녁을 먹을 수 있으리라 생각했다. 밀린 일들을 해치우는 와중에도 대천동 빌라촌 사건이 떠올라 욱, 하고 화가 치밀었지만 혼자 있을 혜리를 생각하면서 문건을 작성하는 손가락의 속도를 점점 더 올렸다.

혜리에게 전화가 걸려온 것은 한 시간 정도만 더 하면 일을 마무리 지을 수 있겠다 싶던 저녁 즈음이었다. 휴대폰 액정 화면에 뜨는 혜리의 이름에 미령은 기분이 좋아졌다. 얼마 만에 혜리에게서 전화를 받아보는지 기억도 나지 않았다. 언제 퇴근할 거냐고, 저녁 같이 먹을 건지, 먼저 먹어야 할지 물어보려는 전화라고 생각했다.

"딸."

기분 좋게 받았으나 전화기 너머에서 들려오는 것은 거친 숨소리와 멀리서 자동차들이 지나가는 소음뿐이었다. 불안감이 엄습했다. 그 순간 왜 교무실에서 봤던 아이들이 떠오르는지는 모를 일이었다.

"여보세요? 혜리야?"

미령으로서는 너무나 긴 시간으로 느껴지는 침묵 뒤에 혜리의 떨리는 목소리가 들려왔다.

"……엄마. 나 좀…… 살려줘."

혜리는 자신이 있는 위치를 정확히 말하지 못했다. 은파동 골목에 있는 폐가 중 한 곳이라고 했다. 몇 번을 물은 끝에야 파란색 대문이라는 것만 알아들었다. 미령은 다급하게 말했다.

"가만있어! 엄마가 가기 전에 무슨 일이 있으면 연락해!"

그녀의 머릿속에는 은파동에 있는 재개발 지역이 떠올랐다. 파란색 대문이라고 하니 일단 가보면 알 것 같았다. 휴대폰과 차 키를 쥐고 벌떡 일어서는 그녀를 팀장이 놀란 눈으로 쳐다보았다.

"왜 그래? 무슨 일 있어?"

미령은 대답할 정신이 없었다. 파랗게 질린 얼굴로 팀장을 보다가 아무 말도 하지 못하고 사무실을 박차고 뛰어나갔다. 뒤에서 그녀를 부르는 소리가 들려왔지만, 머릿속에는 온통 혜리 생각뿐이었다.

30분을 달려 은파동의 재개발 구역으로 들어갔다. 미령은 본능적으로 곧장 가장 깊숙한 곳에 있는 골목 안으로 들어갔다. 혜리의 목소리만으로도 나쁜 일이 일어났다는 것을 알 수 있었다. 그렇다면 가장 어두운 곳, 사람의 발길이 없는 곳일 터였다. 바로 파란 대문이 눈에 띄었다. 빨간색 페인트로 '철거 예정'이라고 거친 필체로 쓰여 있었다. 출입 금지를 의미하는 줄이 묶여 있기는 했지만, 허술해서 문은 반쯤이나 열려 있었다. 미령은 혜리의 이름을 부르짖지 않았다. 대신 재빨리 안으로 뛰어 들어갔다. 한때는 한 가족이 즐겁게 생활했을 거실의 구석에, 먼지로 가득 찬 그 구석에 버려진 쓰레기봉투처럼 혜리가 쓰러져 있었다.

"혜리야!"

미령은 곧장 혜리에게로 가 무릎을 굽히고 앉았다. 아이의 머리를 안고 허벅지로 몸을 받쳐 일으켰다. 혜리가 반쯤 눈을 떴다. 맞아서 퉁퉁 부은 눈은 그 이상 떠지지 않았다. 입술은 찢어져 피가 말라붙어 있었다. 자세히 보니 입고 있는 블라우스 단추가 세 개나 떨어져 나가 있었고, 목 근처로 손톱자국이 길게 나 있었다. 불길한 생각은 아이의 바지를 보고 확신으로 바뀌었다. 아이가 겨우겨우 끌어올렸을 바지는 여밈 단추가 떨어졌고 지퍼 끝부분이 망가져 벌어져 있었다. 그 아래로 피가 묻어 있었다.

"너……."

무슨 말을 해야 할지 알 수가 없었다. 뭘 어떻게 물어봐야 할지도 알 수 없었다. 자신이 생각하는 상황이 맞느냐고 물어볼 수도 없었다. 이 몸의 떨림을 어떻게 잦아들게 할 수 있는지도 몰랐다. 미령이 할 수 있는 일은 아이를 끌어안는 것뿐이었다. 그제야 알았다. 떨고 있는 것은 자신만이 아니었다. 혜리의 몸도 떨리고 있었다. 자신처럼 두려움 때문에 불규칙하게 떠는 것이 아니라 일정한 간격으로 몸이 경련하고 있었다.

"혜리……."

두 번째로 그녀가 딸의 이름을 불렀을 때, 혜리는 비명을 질렀다. 평생 잊을 수 없는 아주 길고 긴 비명이었다.

욕실 안에서 샤워기의 물줄기 소리가 들리고 있었다. 그 소리는 좀체 멈출 기미가 보이지 않았다. 혜리는 미령이 안으로 들어오는 것을 거부했다. 미령은 욕실 문 앞에서 서성이며 저도 모르게 아랫입술을 힘껏 깨물었다. 저 안에서 아이가 어떤 감정에 허덕이고 있을지, 대체 어떤 마음으로 몸을 씻고 또 씻을지 가늠조차 되지 않았다.

정신을 차려야 했다. 미령은 흙과 먼지로 뒤덮인 아이의 교복 주머니 안에서 휴대폰을 찾아 꺼냈다. 휴대폰 비밀번호는 패턴으로 되어 있었다. 많이들 사용하는 패턴인 알파벳 Z, 숫자 7, 마지막으로 기역과 니은의 모양을 차례로 입력해보았다. 아이의 패턴은 N 모양이었다. 휴대폰 잠금이 풀리자마자 전화 통화 내역을 확인했다. 불법 스미싱 전화를 수신 거부한 것 말고는 통화 내역이 없었다. 메신저 창을 열었다. 가장 최근에 문자를 주고받은 창이 활성화되었다. 송군호였다.

오랜만이다, 라고 송군호가 보낸 것이 시작이었다. 요즘 어떻게 지내냐는 인사가 가볍게 오갔다. 송군호가 학폭위 이후에 왕따가 된 것 같다는 농담조의 말을 했고, 거기에 혜리가 'ㅋㅋㅋ' 웃음을 보냈다. 무슨 뜻인지 알 것 같았다. 학폭위에서 폭력을 실제로 행한 이들에게만 전학 처분이 내려졌고 나머지 아이들은 학교에 남았다. 아마 그 일을 두고 전학 처분 받은 아이들이

따돌리는 것 같다는 뜻이었다. 송군호는 학교에 남은 아이들 중 하나였다. 그런 대화가 오간 끝에 '나올래?' 하고 송군호가 물었다. 혜리가 1분 후에 답했다.

'어디로?'

'내가 너희 집 앞으로 갈게.'

그 대화가 마지막이었다. 집에서 은파동의 재개발 지역까지는 걸어서 10분도 채 걸리지 않았다. 송군호였다. 그 버러지 같은 놈이 혜리를 그런 곳에서 때리고, 밟고, 짓뭉갠 다음 제멋대로 유린했다. 턱이 덜덜 떨렸다. 울고 싶지도 않은데 제멋대로 눈물이 나왔다.

그러다 불현듯 대천동 빌라촌 사건이 떠올랐다.

아무것도 하지 않겠다고 미령은 결정을 내렸다.

대천동 빌라촌 사건만이 전부가 아니었다. 그동안 미령은 일선에서 성폭행 피해자들이 어떤 2차 피해를 당하는지 충분히 보아왔다. 그녀들은 형사 앞에서, 검사 앞에서, 법원에서 그 지옥 같은 날들을 떠올려야 했고, 법이 항상 그녀들의 편인 것은 아니었다. 게다가 중학생에게는 '소년법'이 있었다. 송군호는 이제 열넷. 만으로는 열셋이나, 열두 살일 수도 있었다. 촉법소년으로 분류되어 사회봉사 명령 정도가 떨어질 것이고, 운이 좋아야 소년원행이었다. 하지만 혜리는 계속해서 학교를 다녀야 한다. 다시 송군호가 돌아올 학교를. 녀석이 전학을 간다 해

46

도 마찬가지였다. 어차피 소문은 혜리를 따라다닐 것이었다. 혜리는 '성폭행당한 아이'라는 딱지를 붙이고 살아갈 수밖에 없었다.

그렇게 만들 수는 없었다.

그렇게 결정을 내렸을 때 혜리가 욕실에서 나왔다. 언제 물줄기 소리가 끊어졌는지 그녀는 알지 못했다. 무슨 말을 해야 할지 눈도 마주치지 못했다. 식탁 위의 티슈 통에 시선이 닿았다. 아침에 두고 간 2만 원이 없었다.

"밥은 먹었어?"

미령이 혜리에게 한 말은 고작 그것이었다.

"네 상처는 방어하다 생긴 게 아니야. 네가 송군호를 죽인 거지? 대체 어떻게 된 일이야. 엄마한테는 솔직하게 말해. 할아버지……. 그래, 넌 처음 봤겠지만……. 어쨌든 그 할아버지는 널 왜 죽이려고 한 거야? 말해, 말해야 한다고!"

침대 위에 고개를 숙이고 앉은 아이의 어깨를 잡고 흔들었다. 긴 머리카락이 온 얼굴을 가리고 있어 어떤 표정을 하고 있는지 알 수가 없었다. 2년 전 사건 이후로 닫혀버린 아이의 입을 오늘은 어떻게 해서든지 열어야만 한다고 생각했다. 그때 혜리가 숙였던 고개를 살짝 들었다. 머리카락 사이로 혜리의 얼굴이 보였다. 혜리의 눈에는 아무것도 담겨 있지 않았다. 기계 같았다.

2년 동안 아이의 눈은 빛을 잃었다. 혜리는 아무것도 느끼지 못하는 사람처럼 천천히 입을 열었다.

  "이번에도 조용히 있을 거지?"

4

그때, 미령이 송군호를 그대로 내버려두기만 했던 것은 아니었다. 미령은 경찰 내부 전산망으로 몇 달 전 학교 폭력 사태가 있었던 때의 지구대 출동 자료를 통해 송군호의 주소지를 확인했다. 불법 열람이지만 그때의 미령에게는 문제시되지 않았다. 한 인생을 송두리째 짓뭉개버린 녀석에게 아무런 징벌도 내려줄 수 없는 법 따위는 그녀의 고민 대상이 아니었다.

미령은 송군호의 집으로 향했다. 녀석은 새벽 2시가 넘어서야 집에 돌아왔다. 대번에 그 녀석이라는 걸 알아볼 수 있었다. 혜리의 학교에 갔을 때 봤던 녀석들 얼굴은 모두 각인되어 있었다. 집 안으로 들어가려는 녀석의 멱살을 잡아 단번에 벽으로 밀어붙이며 입을 가로막았다. 녀석의 비명이 목구멍 안으로 삼켜졌다.

"내가 누군지 알아?"

얼굴을 바짝 대고 녀석을 물어뜯을 듯한 기세로 물었다. 어두운 시간이었지만 어렴풋한 나트륨 가로등 아래로 송군호의 넋나간 얼굴이 보였다. 파랗게 질린 얼굴로 송군호는 고개를 저었다. 하지만 미령은 녀석이 예감하고 있을 거라고 생각했다. 이런 순간 혜리를 떠올리지 못한다면 송군호는 정말 죽여도 시원치 않을 녀석이었다.

"나 혜리 엄마야"

입이 가로막힌 채 송군호는 눈을 껌벅였다. 그러고는 다급히 고개를 끄덕였다. 무슨 일 때문에 왔는지 알겠다고 말하고 싶은 것인지, 소리를 지르지 않을 테니 입을 막고 있는 손을 떼달라는 것인지는 알 수 없었지만 미령은 천천히 송군호의 입에서 손을 떼었다.

그걸로 전부가 아니었다. 송군호가 뭔가 말하려는 순간, 미령은 주머니에서 총을 뽑아 들었다. 곧장 총구를 송군호의 입안에 쑤셔 넣었다. 송군호는 벌벌 떨기 시작했다.

"오줌이라도 싸지 그러니?"

픽, 비웃으며 말하는 미령을 보며 송군호는 두 손을 가슴께로 모았다. 빌고 싶은 것 같았는데 떠느라 쉽지 않은 듯했다. 송군호는 입안 가득 총이 쑤셔 넣어진 채로 주저앉듯 무릎을 꿇었다.

미령은 송군호의 입에서 총을 뺐다. 송군호가 안도의 한숨을 쉬는 것이 들렸다. 미령은 총을 쥔 손 그대로 송군호의 얼굴을 향해 휘둘렀다. 그녀의 주먹이 송군호의 턱에 꽂혔다. 송군호는 옆으로 쓰러졌다. 미령은 송군호의 입에 총을 다시 한번 쑥 집어넣으며 위협했다.

"내가 여기서 네 머리를 산산조각 내도 속이 시원치가 않아. 어쩌면 여기서 널 끝내버리는 게 나을지도 모르지."

송군호는 두 손을 땅바닥에 대었다. 머리를 조아리려고 했지만 미령의 총구 때문에 고개는 들린 채였다. 눈가에서 주르륵 눈물이 흘러내렸다. 불쌍하다는 생각은커녕 어서 그저 죽여버리고 싶다고, 미령은 생각했다.

"내가 뭐 하는 사람인 줄 알지?"

송군호가 고개를 끄덕였다.

"이 버러지만도 못한 새끼야. 내가 너 용서할 것 같아? 어디 한번 혜리 근처에 또 얼씬대봐. 내가 평생 지켜본다. 궁금하면 어디 한번 해봐. 내 눈에 띄는 즉시 대갈통을 날려줄 테니까. 죽고 싶으면 마음대로 해보라고, 이 쓰레기 같은 새끼야, 어?"

힘겹게 모은 두 손으로 싹싹 비는 송군호를 보며 입에서 총구를 빼내었다. 송군호는 머리를 땅바닥에다 대며 사죄했다.

"정말 잘못했습니다. 다신 안 그러겠습니다."

미령은 혜리 근처에 다신 얼씬도 하지 않고, 이 일을 입에 올리는 일도 없을 거라는 다짐을 몇 번이나 받고 송군호를 집으로 들여보내주었다.

그 이후에도 송군호를 주시했다. 제대로 처벌받지 않은 미성년 성폭행범은 앞에서는 반성하듯 무릎을 꿇어도 뒤에서는 대단한 업적이라도 되는 양, '그 일'을 떠벌리고 다니며 2차 가해를 서슴지 않는다. 안심할 수 없었다. 시간이 날 때마다 학교 근처를 맴돌았다. 다행히 학교나 송군호의 무리 내에서도 혜리와 관련된 소문이 돌지는 않았다. 송군호도 조용히 지내는 듯했다.

혜리의 휴대폰을 바꾸었다. 전화번호도 바꿨다. 그렇게 혜리의 인생에서 송군호를 지웠다고 생각했다.

'이번에도 조용히 있을 거지?'

그것은 혜리의 비난인 걸까.

혜리는 2년 전 그날 이후 입을 닫아버렸다. 학교에도 나가지 않았다. 사람을 만나는 걸 두려워했다. 방으로 점점 깊숙이 숨어들어갔다. 히키코모리. 뉴스에서 나오는 그런 사람이 자신의 딸이 될 거라고는 생각해본 적 없던 미령이었다. 강제로 심리 치료를 받게 한 적도 있지만, 자해가 더 심해지면서 그만둘 수밖에 없었다.

그리고 2년 만에 아이의 목소리를 들었다. 그렇게 기다려온 음성이었지만 그 단 한마디에 소름이 돋았다. 이대로 아이를 둘 수는 없었다. 입술을 꾹 깨물며 마음을 다잡았다. 혜리의 팔을 잡아 자신을 향해 앉도록 돌렸다.

"내일이면 경찰이 올 거야. 무슨 일이 있었는지 말해. 그래야 어떻게든 설명할 거 아니야."

어떻게든 설명하겠다는 말은 '너를 감싸주겠다'는 말이나 다름없었다. 그때의 협박으로 송군호를 혜리의 인생에서 완전히 떨구어낸 줄 알았다. 하지만 아니었던 걸까. 왜 송군호와 혜리가 함께 있었는지 모를 일이었다. 아버지가 왜 거기 있었는지도 알 수 없었다. 다만 왜 아버지가 혜리를 죽이려고 달려들었는지 짚이는 것은 있었다. 그녀가 아버지를 너무나도 증오하는 '그 일' 때문일 것이다.

혜리는 입을 열지 않았다. 평소와 마찬가지의 표정이었다. 아무것도 느끼지 못하는 사람의 표정. 그런 표정으로 혜리는 컴퓨터를 켰다. 또 게임을 하려는 것 같았다. 세상에 벽을 쌓아버린 혜리가 유일하게 하는 일이었다. 하지만 지금은 게임 따위나 하고 있을 때가 아니다. 앞으로 일이 어떻게 될지 모른다. 아버지가 혜리가 살인자라고 벌써 자백했을지도 모른다. 그게 아니라도 경찰은 바보가 아니다. 수사를 시작하면 혜리와 죽은 송군호의 관계를 파고들 것이다. 그렇게 되면 그때의 일까지 밝혀지고 만다. 막아야 했다. 미령은 혜리의 어깨를 잡아 흔들었다.

"빨리 말해. 말을 해야 엄마가 어떻게든 해줄 수 있지!"

순간 혜리가 눈을 찢어질 듯 커다랗게 뜨며 비명을 지르기 시작했다. 혜리는 미령을 잡아먹을 것처럼 입을 크게 벌리고 여봐

란듯이 소리를 질러댔다. 그러고도 미령이 나가지 않자 벌떡 일어나 책상 위의 컴퓨터를 바닥으로 밀쳐버렸다. 큰 소리가 나며 컴퓨터가 바닥을 굴렀다. 컴퓨터에서 벗겨진 케이스가 덜그럭거렸다. 그걸로도 화가 풀리지 않았는지 혜리는 모니터를 집어들어 바닥으로 던졌다.

발작이었다. 미령은 혜리의 이름을 크게 부르며 아이의 몸을 끌어안았다. 혜리는 짐승처럼 계속 소리를 질러댔다. 방은 엉망이었고, 혜리의 눈에서는 눈물이 줄줄 흘러내렸다. 혜리는 지금 현실에서 도피하고 싶은 것이었다. 미령의 심장이 사정없이 뛰었다.

혜리는 간신히 진정되었다. 병원에서 타두었던 진정제를 두 알 먹었다. 혜리는 엉망이 된 방 안에서 잠이 들었다. 아마 내일 아침까지는 조용히 잠을 잘 것이었다. 그리고 일어나면 다시 무無의 표정으로 돌아간 혜리가 될 것이다.

아랫집에서 시끄럽다고 민원이 들어오지 않은 게 다행이라면 다행이었다. 만약 모르는 사람까지 올라왔으면 혜리를 진정시키는 일이 더 쉽지 않았을 것이다. 혜리가 잠든 사이 미령은 아이의 휴대폰을 들고 혼자 거실에 앉았다.

왜 갑자기 송군호가 혜리의 인생에 다시 끼어들었을까. 터질 것 같은 심장을 억누르며 혜리의 휴대폰을 열었다. 다행히 아이의 휴대폰은 잠겨 있지 않았다.

SNS 채팅 창을 연 순간 그녀는 깊은 충격을 받았다. 송군호가 혜리에게 연락하기 시작한 시점은 고작 사건 후 한 달이 지났을 때부터였다. 송군호는 주기적으로 혜리를 불러내었다. 송군호가 일방적으로 약속 장소를 통보했다. '알겠다'는 대답은 없었지만, 다른 대화도 없었다. 혜리가 그 요청에 응했다는 뜻이었다.

창을 계속 밀어 내리며 과거의 대화를 찾아내었다.

[엄마한테 말하면 알지? 니 영상이랑 사진 다 뿌린다. 영인시가 아니라 대한민국에서 더는 못 살 줄 알아.]

심장이 쿵, 하고 내려앉았다. 송군호가 크게 겁먹고 떨어져 나갔을 거라고 생각한 미령이 순진했던 것이다. 대체 무슨 영상과 사진이란 말인가. 혜리의 휴대폰을 찾아보았지만 이렇다 할 게 없었다. 송군호가 보내지 않았을 수도, 혜리가 지워버렸을 수도 있었다. 한 가지 확실한 건 그 영상과 사진이 무엇인지 혜리는 알았으리라는 것이다. 그러지 않았다면 송군호의 지시에 따라 몇 번씩이고 불려 나갔을 리 없었다. 미령은 몰랐다. 혜리는 절대 집에서 나가지 않는 줄로 알고 있었다. 자신이 형사 일에 매진하고 있을 때 혜리는 협박을 받으며 끌려다니고 있었던 것이다.

그녀는 두 손으로 얼굴을 가렸다. 그것이 무슨 영상과 사진일지는 충분히 짐작되었다. 미령은 숨을 크게 들이쉬며 얼굴에서 손을 떼었다. 혜리를 위해서라도 정신을 차려야 했다. 송군호는 죽었다. 혜리의 손에 죽었으니 벌을 받았다고 생각해야 옳다. 혜리가 처벌받게 둘 수는 없다.

미령은 혜리의 휴대폰에서 송군호가 보낸 문자 메시지 중 상투적인 말을 남겨두고는 모두 삭제하기 시작했다. 걸리는 메시지를 모두 지우고 나니 평범하게 아는 사이 정도로 보이긴 했다. 하지만 삭제된 문자라도 경찰이 마음만 먹으면 디지털 포렌식으로 얼마든지 복구가 가능하다. 거기까지 진행되도록 해서는 안 된다. 혜리의 휴대폰을 확인하는 선에서 사태가 끝나도록 해야 했다.

송군호의 휴대폰에 영상과 사진이 남아 있을까? 송군호의 휴대폰을 지금 경찰이 손에 넣었을까? 만약 송군호의 휴대폰이 경찰 손에 있다면, 그 안에 동영상과 사진이 있었다면 벌써 미령에게 연락이 왔을 것이다. 하지만 그렇지 않다. 그들은 지금 송군호를 살인한 유력 용의자로 미령의 아버지인 최석태를 체포했다. 그의 입을 열기 위해 안간힘을 쓰고 있을 것이다. 송군호는 그들에게 피해자에 지나지 않았다.

송군호의 휴대폰에까지 경찰들의 관심이 미치지 않아야 했다. 그러기 위해 어떻게 해야 할지 방법을 찾아내야 했다. 미령은 눈을 감고 깊은 생각으로 빠져들어갔다.

채은호는 조사실에서 최석태와 마주 앉았다. 최석태는 수갑을 찬 채로 철제 의자에 앉아 있었다. 채은호가 들어와 앉기까지 그는 등을 둥글게 말고 앉아 시선을 아래로 둔 채 단 한 번도 그를 보지 않았다. 그는 아직 체포될 때의 옷을 그대로 입고 있었다. 피가 묻은 셔츠와 면바지였다. 조사가 끝나는 대로 미결수의 수감복이 지급될 것이었다. 채은호는 노트북과 수첩을 책상에 내려놓았다.

달그락.

수첩에서 빠져나간 볼펜이 바닥을 굴렀다. 채은호는 최석태에게 양해를 구하듯 눈길을 보내고는 허리를 굽혔다. 볼펜은 최석태의 발 근처까지 굴러가 있었다. 볼펜을 잡기 위해 팔을 뻗던 그의 눈길이 최석태의 무릎에 가닿았다. 최석태의 무릎에 동그란 모양으로 젖은 흙이 묻어 있었다.

어디서 묻었을까? 몸싸움을 하다가 묻기라도 했을까? 그렇다고 하기에는 옷의 다른 부위는 혈흔을 빼면 깨끗했다.

채은호는 일단 볼펜을 집어 들고 자세를 고쳐 앉았다. 최석태는 미동도 하지 않고 있었다.

채은호는 자신이 좋아하는 선배인 미령의 아버지를 이런 식으로 만나게 될 줄 상상조차 못 했다. 갑자기 이게 무슨 일인지 모르겠다고 강준식 팀장도 어이없어하는 얼굴로 말했다. 그는 조사실 밖에서 화면을 통해 조사 과정을 보고 있을 것이었다. 채은호는 노트북 전원을 켜면서 생각을 떨치듯 고개를 저었다. 지금은 함께 일하고 있는 선배의 가족을 만나는 자리가 아니라, 살인 미수 현장에서 긴급 체포된 용의자를 조사하고 있다는 사실을 잊지 말아야 한다.

"최석태 씨?"

최석태의 어깨가 살짝 움직였다. 고개를 들거나 다른 반응을 보이지는 않았다.

"송군호 군을 살해하셨습니까?"

최석태는 가만히 책상의 어느 지점을 응시했다. 무슨 생각을 하는지 잠시 뒤 흥, 하고 웃었다. 희끗한 눈썹 끝이 쓱 올라갔다.

"그까짓 놈 죽인 거, 뭐 어때서."

"인정하시는 겁니까?"

대답 대신, 그는 웃었다. 채은호는 가만히 그의 얼굴을 응시했다. 다음으로는 손녀인 혜리를 왜 죽이려 했느냐는 질문을 해야 했다. 하지만 뭔가 걸리는 것이 있었다.

"송군호가 거기에 있는지 어떻게 아셨습니까?"

잠깐 침묵이 가라앉았다. 채은호는 그가 무슨 생각을 하는지 알고 싶었다. 눈썹 끝의 떨림, 입술 끝의 씰룩임, 머리카락의 움직임을 하나도 놓치지 않으려 최석태에게서 눈을 떼지 않았다. 하지만 최석태는 반응을 보이지 않았다. 채은호가 다시 물었다.

"송군호를 어떻게 불러낸 겁니까?"

최석태는 입을 열지 않았다. 미리 준비해뒀던 질문을 순서대로 했지만 그는 모든 것을 묵묵부답으로 일관했다. 법정에서 불리하게 적용될 묵비권이라는 협박은 그에게 통하지 않았다.

채은호는 이 사건이 뭔가 이상했다. 왜 연락을 끊고 살아온 손녀를 죽이려 했을까? 왜 손녀의 친구까지 죽였을까? 아니, 두 사람을 어떻게 불러냈을까? 불러낸 것이 아니라면 어떻게 두 사람이 거기 있는 줄 알고 찾아갔을까?

칼에서는 최석태의 지문만이 검출되었다. 모든 정황이나 증거가 최석태가 범인임을 알리고 있었다. 하지만 과연 그것만이 전부일까.

최석태는 지금 자신이 범인이라고 경찰이 결과를 내리기를 바라고 있다. 그래서 송군호를 죽인 부분까지는 인정을 했지만 송군호를 어떻게 불러냈느냐는 질문엔 답하지 못했다. 그저 자기가 죽였다고 인정만 하면 되리라 생각했기에 미처 준비하지 못했을 터였다.

채은호는 생각했다. 최석태가 그럴듯한 답을 내놓기 전에, 이 뭔지 모를 이상한 느낌의 정체를 캐내어보겠다고.

"아직이야?"

조사실에서 나오는 채은호를 향해 강준식이 물었다. 채은호는 고개를 가로저었다.

"아무 말도 안 해요. 왜 송군호를 죽였는지, 손녀는 왜 죽이려고 했는지 말이에요. 완전히 입을 다물었어요."

채은호는 강력팀 사무실 한편에 있는 원형 테이블로 가 털썩 앉았다. 두 시간째 입을 꾹 다물고 있는 사람에게 계속 뭔가를 묻는 것도 지치는 일이 아닐 수 없었다. 강준식 팀장이 정수기에서 물을 한 컵 따라 와 채은호에게 내밀었다. 채은호가 그것을 한 번에 마셨다. 시원한 물이 목을 적시니 그의 얼굴에 살짝 생기가 돌았다.

"선배 아버님도 목마르실 텐데."

"최 형사한테서는 연락 없어?"

채은호가 고개를 저었다.

"아직요. 내일 아침에 찾아뵈면 뭔가 얘기가 나오겠죠."

"죽은 송군호하고 민혜리하고 아는 사이인지부터 파악해야 돼. 거기로 불러낸 게 최 형사 아버지인지 아닌지 말이야."

"같이 가실 거죠?"

어두운 얼굴로 강준식이 고개를 끄덕였다. 가족만큼이나, 아니 분명 그들보다 훨씬 더 오랜 시간을 함께한 미령을 조사하는 것이 마음 편할 리가 없었다. 채은호 역시 마찬가지였다.

그렇다고 다른 팀에 일을 넘기는 것도 마음이 편치는 않았다. 그나마 혼자보다는 강준식이 같이 가주는 게 다행이었다.

채은호는 최석태에게 줄 생수병 하나를 집어 들었다. 날이 밝으면 미령의 집으로 갈 생각이었다.

　다음 날 두 사람이 미령의 집에 갔을 때, 그녀는 완전히 초췌해진 얼굴로 문을 열었다. 강준식이 멋쩍은 표정으로 들고 온 음료수 세트를 들어 보였다.

　"맨손으로 오기는 뭣해서."

　미령의 얼굴에 어렴풋한 미소가 스쳐 지나갔다. 채은호에게도 미령의 시선이 잠깐 닿았다. 채은호는 살짝 고개를 숙여 인사했다.

　"선배, 괜찮아요?"

　"괜찮아. 일단 들어와."

　두 사람은 거실로 안내되었다. 작지만 깔끔하게 정리되어 있었다. 남편과 이혼했다는 얘기는 채은호도 알고 있었다. 딸과 둘이서 살기에는 적당한 집으로 보였다. 두 사람을 거실로 안내한 후 미령이 차를 내왔다.

　"딸은……. 좀 어때?"

　강 팀장이 기다렸다는 듯이 물었다. 미령은 낮은 한숨을 뱉으며 이마를 짚었다.

　"괜찮긴 한데…… 아무 말도 안 해서."

　"아무 말도 안 하다뇨?"

채은호 쪽으로 미령이 시선을 돌렸다. 잠깐 고민을 하더니 이윽고 무언가 결심한 표정을 지었다.

"사실 2년 전부터 학교를 안 나갔어요."

강준식의 눈이 커다래졌다. 채은호는 전혀 알지 못했는데 강준식도 다르지 않은 모양이었다. 강준식은 금세 표정을 굳히고는 미령의 다음 말을 기다렸다.

"병원에서 대인기피증이라고 하더군요."

"그랬군요. 어느 학교에 다니다가……."

"은파중학교. 1학년도 채 못 다녔어."

"송군호랑 같은 학교잖아?"

강 팀장의 어조가 높아졌다.

"그럼 송군호하고는 아는 사이였나요?"

"나도 잘 몰랐는데."

말을 끊은 미령이 일어나서 주방 쪽으로 향했다. 다시 나온 미령의 손에는 휴대폰이 들려 있었다.

"혜리 거야."

강준식과 채은호가 서로를 잠시 쳐다보았다. 채은호가 휴대폰을 받았다. 잠시 미령의 눈치를 보고는 휴대폰을 열었다. 통화 내역에는 별것이 없어서 메신저 창을 열었다. 가장 최근 대화를 한 상대가 맨 위 줄에 있었다. '송군호'라는 이름이 한눈에 들어왔다. 채은호는 그 내역을 강준식에게 보여주었다. 강준식이 고개를 끄덕거렸다. 채은호가 대화 창을 열었다.

대화는 많지 않았다. 어디야? 뭐 하나? 같은 말로 송군호가 대화를 시작했고, 잠깐 나오라는 말들이 있었다. 혜리의 대답은 거의 없었다. 있어도 'ㅇㅇ' 정도가 전부였다.

"최근에 알게 된 것 같기는 한데 어떻게 아는 사이인지는 나도 모르겠어. 게임을 엄청 했으니까 게임으로 만나지 않았을까 생각은 하는데……. 죽은 학생 쪽 부모는 만나봤어?"

채은호가 고개를 저었다.

"아뇨. 그쪽은 아직 정신이 없어서요. 차차 만나봐야죠."

아직 부검 절차가 끝나지 않아 시신이 부모에게 인도되지 못했다. 칼에 찔린 뒤 과다 출혈에 의한 사망에 이견이 없으면 며칠 안에 유족에게 시신이 인도될 것이다. 그렇다면 장례를 치러야 할 것이고, 그때가 지나야 정신을 차리고 수사진을 대할 수 있을 터였다. 그나마 살아남은 이쪽에 먼저 왔다는 뜻으로 전해질까 봐 채은호는 말을 아꼈다.

미령이 물었다.

"아버지 쪽은? 왜 그 학생을 죽이고 우리 혜리를 죽이려고 했대?"

"아직 아버님이 송군호를 죽인 걸로 결론 난 건 아니에요."

채은호가 말했다. 미령의 얼굴이 살짝 굳는 것을 채은호가 놓치지 않았다. 아버지와 감정이 좋지는 않은 듯했다. 채은호의 말이 너무 냉정하다고 느껴졌는지 강준식이 끼어들었다.

"아버님 쪽도 아무 말도 안 하셔. 혜리 살인 미수에 대해서는 현장에서 체포됐으니 기소 의견으로 당연히 검찰 송치해야지. 송군호 건에 관해서는 수사는 하겠지만."

수사는 하겠지만,

결국 최석태가 범인이라는 뉘앙스였다. 지금으로서는 그 가정이 가장 일리 있었다. 현장에서 체포된 최석태가 들고 있던 칼에서 검출된 혈흔이 송군호의 것이라는 통보만 오면, 송군호의 자창과 최석태의 칼 모양이 일치한다는 통보만 오면 그가 범인인 것은 거의 100퍼센트였다.

"최 형사가 만나볼래?"

강준식이 조심스레 물었다. 미령의 시선이 가라앉았다.

"아버지가 왜 그랬는지는 알 것 같아요."

눈을 휘둥그렇게 뜨는 채은호와 강준식 앞에서 미령이 고개를 들었다. 그녀의 얼굴이 무섭도록 일그러져 있었다. 두 사람 모두 처음 본 표정이었다.

"그래서 못 만나요. 만나면…… 죽일 거거든요."

5

미령이 열두 살 때, 그녀는 단칸방에서 외할머니와 엄마와 함께 지냈다. 건축 일을 하던 그녀의 아버지 최석태는 다른 지역 현장에 한번 나가면 두세 달가량 집을 떠나 있곤 했다. 미령이 살고 있는 단칸방은 월세였는데, 그나마 최석태가 친구에게 부탁해 별채를 싼값에 얻은 것이었다. 그녀의 외할머니는 동네에 사람을 구하는 일이 있으면 언제든지 가장 먼저 앞서서 일을 했다. 특히나 아버지가 왔을 때면 어떻게든 일을 잡았다. 몇 달 만에 돌아온 사위와 한방을 써야 하는 일이 꽤나 마음고생이었을 터였다. 미령의 어머니는 몸이 약해 일을 하지 못했다. 늘 얼굴이 창백했다. 심한 빈혈을 앓았는데 병원 치료도 제대로 받지 못했다. 아버지가 보내주는 돈으로 미령을 학교 보내고 세 사람분의 생활비를 댔다. 아버지는 매번 집에 올 때마다 병원에 다니지 않는 엄마를 혼내곤 했다.

"그렇게 아껴 집 사면 뭐 할 거야?"

그렇게 소리 지르는 아버지가 든든했던 때도 있었다. 하지만 미령은 아버지가 집에 오는 것이 싫기도 했다. 집에 오면 매번 술을 마시고 불콰해진 얼굴로 아픈 어머니에게 생색을 있는 대로 퍼부었기 때문이다. 그 험한 일을 하는 것이 얼마나 고된 줄 아느냐, 집에서 잠만 자는 너는 좋겠다, 내가 이렇게 술을 마신다고 잔소리하지 마라, 그 고된 일을 하려면 그냥 힘이 나는 줄 아느냐, 너와 네 어미를 먹여 살리자고 일을 하다가 술 중독에 걸린 것이다. 그런 얘기를 끊임없이 되뇌었다. 그러면 미령은 내심 아버지가 얼른 집을 떠나기를 빌었고, 아버지가 떠나는 날엔 그렇게 좋을 수 없었다. 티를 내지는 않지만 엄마도 그러리라 여겼다.

아버지가 없는 어느 날이었다. 여름 방학을 맞았지만 미령은 다른 아이들처럼 물놀이도 가지 못하는 신세였다. 어머니는 여지없이 아팠고, 할머니는 동네 이장님의 승합차를 타고 또 어딘가의 밭으로 일을 하러 실려 갔다. 집이 워낙 동네의 깊은 곳에 있어 또래의 아이들도 없었다. 어린 미령이 할 일은 낮잠뿐이었다.

한참 잠에 빠져 있을 때, 생경한 느낌이 미령을 깨웠다. 그것이 정확히 어떤 느낌인지는 알 수 없었다. 누군가가, 어떤 사람이 방에 존재하고 있다는 느낌이었다. 몽롱했던 정신이 점점 또

렷해져갈 때 신음 소리 같은 것이 들렸다. 엄마가 아픈 것일까. 미령은 눈을 비비며 일어나 옆을 보았다. 그리고 곧장 비명을 질렀다.

어떤 남자가 엄마를 깔고 앉아 있었다. 엄마의 양팔을 한 손으로 간단히 잡아 올려 바닥에 누르고 다른 한 손으로는 입을 막고 있었다. 엄마의 치마가 허리까지 들쳐 있었고 남자의 바지는 무릎 아래에서 흔들렸다. 미령이 소리를 지르는 순간 남자가 놀라 행동을 멈췄다. 순간 엄마가 힘을 써 남자를 밀어버리고 소리를 지르기 시작했다. 남자는 허우적거리며 일어나 바지를 간신히 끌어 올리고 방에서 도망쳐 나갔다.

"엄마!"

미령이 엄마에게 달려가 안겼다. 엄마는 떨리는 손으로 미령을 안아주었다. 엄마의 심장이 무섭도록 뛰고 있었다. 그날 밤 돌아온 할머니는 미령과 엄마에게 청심환이라는 것을 사다 먹였다. 그리고 할머니는 미령을 데리고 마당 한쪽으로 갔다.

"절대 아빠에게 말하면 안 된다. 절대. 알았지?"

약속을 하라는 듯 새끼손가락을 내미는 할머니의 얼굴이 너무나 무서워서 미령은 고개를 끄덕이며 손가락을 걸었다. 하지만 미령이 말하지 않아도 아버지에게는 소식이 전해졌다. 아버지가 곧 올 거라는 엄마의 통보에 외할머니가 "어쩌자고 알렸냐"고 하는 것을 보면 엄마가 전화를 한 것 같았다.

그날 저녁 아버지는 미령을 얼굴도 모르는 친가의 사촌에게 맡겼다. 며칠 후 다시 찾아온 아버지는 미령을 처음 보는 집으로 데려갔다. 그사이 이사를 한 것이었다.

미령이 지금 생각해보면 그 남자는 아버지의 친구였던 집주인이었다. 외할머니는 엄마가 성폭행당했다는 사실을 어떻게든 비밀로 하려 했다. 여자에게 성폭행이 어떤 의미인지 알고 있기 때문이라고 미령은 생각하고 있다. 30년 전의 일이다. 지금보다 훨씬 피해자에게 많은 족쇄를 채웠던 때였다. 자결이라도 해야 억울함을 이해받았다.

이사를 하고 나서 아버지는 일을 하러 가지 않았다. 집 안에 냉기가 돌았다. 며칠 후 미령의 학교가 개학을 했다. 집이 전보다 학교에서 훨씬 가까워진 점은 좋았다. 친구들에게 이사를 했다고, 이제는 같이 놀 수 있다고 말하고 오던 날, 집 안은 엉망이 되어 있었다. 부엌에 있어야 할 솥단지며 냄비와 플라스틱 그릇들이 마당에 널브러져 있었다. 미령이 좋아하는 유리컵은 산산조각이 나 있었다. 단 하나뿐인 방 역시 엉망이었다. 덜컥 두려운 생각이 나 깨금발을 하고 조심조심 안으로 들어가던 미령은 굳은 채 그 자리에 서버렸다.

아버지가 우악스럽고도 두터운 손으로 엄마를 후려쳤다. 엄마는 마당에 흐트러진 그릇들처럼 바닥으로 쓰러졌다. 울면서 고개를 드는 엄마의 입술이 대번에 부풀어 올랐다. 줄줄 떨어지던 피를 미령은 잊지 못한다. 아빠는 엄마에게 소리쳤다.

'더러운 년.'

미령은 집에서 도망쳐 나왔다. 아빠가 잠들면 집에 들어갈 생각이었다. 그러면 엄마를 데리고 나와야지 생각했다. 일을 나간 할머니가 돌아오면 엄마와 셋이서 도망을 칠 거라고. 그러나 그렇게 하지 못했다.

그날, 술에 취한 아버지가 잠든 사이, 엄마는 목을 맸다.

"엄마는 피해자일 뿐이었어요."

미령은 엄마가 왜 맞아야 했는지 몰랐다. 알 수 있는 단 하나가 있다면, 엄마는 아버지 때문에 죽었다는 사실, 그것뿐이었다.

아버지가 끔찍하게 싫었지만 그래도 어쩔 수 없이 같이 살아야 했다. 그녀를 책임져줄 수 있는 유일한 어른인 할머니가 엄마의 장례 직후 떠나버렸기 때문이다. 할머니와 같이 가고 싶다고 울고 매달리는 미령에게 남긴 것은 미안하다는 말뿐이었다. 그것은 아무런 힘도 되지 못했다. 더 이상 선택의 여지가 없었다.

아버지를 떠날 수 있는 날만 기다렸다. 중학생 때부터 아르바이트를 했고, 스물두 살에 드디어 아버지를 떠날 수 있었다.

"집을 떠나면서 물어봤어요. 왜 그때 엄마를 때렸는지."

미령이 잠깐 이야기를 멈추었음에도 강준식과 채은호는 아무 말도 하지 못했다. 미령은 마치 정답을 얘기해주겠다는 표정으로 말을 이었다.

"더러워서."

아버지 최석태는 엄마를 더럽다고 했다. 엄마도 피해자일 뿐이라고, 미령이 말하지 않았던 것은 아니었다. 아버지는 피식 웃었다. 남자의 심정을 너는 모를 거라는 말도 했다. 미령은 떠나기로 결정한 게 다행이라고 생각했다. 그게 20년 전 일이었다.

"그럼 아버지가 왜 피해자를 죽였는지 알 것 같다고 하신 건……."

채은호가 물었다.

"남자아이와 여자아이가 그렇게 후미진 곳에서 만났다면 뻔하지. 이제 와 왜 찾아온 건지 알 수는 없어도, 만약 혜리를 알아보고 따라갔다가 봤다면…… 엄마를 떠올렸겠지."

미령은 조용히 마른침을 삼켰다. 감정을 최대한 드러내지 않아야 했다. 무슨 생각에선지 몰라도 아버지가 입을 다물고 있다는 것은 그녀에게 유리했다. 사건에 대한 두 사람의 생각을 자신이 원하는 방향으로 돌려놓아야 했다.

"혹시 혜리를 우리가 좀 만나봐도 될까?"

조심스럽게 물은 것은 강준식이었다. 미령은 잠시 고민하다가 아이가 무슨 반응을 보일지 모르겠다고 대답했다. 강준식은 곤혹스러워하는 표정을 지으며 그래도 혜리를 만나지 않으면 안 된다고 했다. 그사이 채은호가 소파에서 일어나 주방으로 들어갔다.

"왜?"

미령이 소파에서 엉덩이를 떼며 채은호에게 물었다.

"아, 죄송해요 선배. 물 한 잔만 마시려고요."

채은호는 이미 주방에 들어가 있었다. 미령의 평소 성격대로 깔끔한 주방이었다. 싱크대는 물때 하나 없이 반짝거렸고 위에 놓인 정수기도 먼지 한 톨 묻어 있지 않았다. 상부장 대신 설치한 선반에 그릇들을 진열해놓았다. 실리콘 도마가 색깔별로 거치대에 꽂혀 있었고, 그 옆에 원목으로 만들어진 칼 보관함이 보였다. 채은호는 선반에 놓인 물컵 하나를 집어 들며 물었다.

"컵 아무거나 써도……."

어느새 미령이 다가와 이미 채은호의 손에 들린 컵을 보고는 미소를 지었다.

"아무거나 써도 돼."

그 뒤를 이어 강준식이 들어왔다.

"같이 혜리를 만나보고 가자. 보호자의 동의도 얻었으니."

강준식이 머리를 까딱하며 미령을 가리켰다. 미령이 채은호를 향해 고개를 끄덕였다.

"잘 부탁한다. 아이가 놀라지 않게."

"네. 걱정 마세요."

채은호는 컵을 식탁 위에 내려놓았다. 강준식이 따라오라는 듯 몸을 돌렸다. 채은호가 그 뒤를 따랐다. 미령은 식탁 위에 그대로 놓인 물컵을 보며 물었다.

"물 안 마셔도 돼?"

채은호는 어깨를 으쓱하며 말했다.

"이따 마실게요. 팀장님 성격 급한 거 아시잖아요. 맞춰드려야죠."

미령이 미소를 지었다.

문 앞에 선 강준식이 노크했다. 답은 들려오지 않았다. 강준식이 미령을 보며 들어가겠다고 손짓을 해 보였다. 미령은 고개를 끄덕여주었다. 강준식이 혜리를 향해 잠시 얘기를 할 수 있겠느냐고 물으며 조심스럽게 문을 열었다. 강준식이 안으로 들어섰고, 채은호도 그 뒤를 따랐다. 문이 닫힐 때까지 미령은 두 사람을 보며 미소를 잃지 않았다.

탁.

문이 닫히는 소리와 함께 스위치를 내린 듯 미령의 얼굴이 굳었다. 미령은 주방 쪽을 돌아다보았다. 조금 전 채은호가 서 있던 선반 아래쪽에 칼이 꽂힌 보관함이 있었다.

보관함에는 딱 한 자리가 비어 있었다.

혜리의 방은 조금 전 있던 공간과 완전히 다른 곳에 발을 들인 듯한 착각을 불러일으켰다. 더없이 깨끗하고 깔끔하게 정리되어 있던 거실이나 주방과는 달리 이 방의 물건들은 하나같이 제자리를 찾지 못한 것 같았다. 침대 위의 이불은 전혀 정리가 안 된 채 둥글게 구겨져 있었고, 언제 가져다 먹었는지 모를 그릇들이 여기저기 뒹굴고 있었다. 기괴한 그림을 표지로 한 만화책들이 방 안 아무 데나 던져져 있었고, 암막 커튼이 햇빛을 완전히 가린 채였다. 불을 켜지 않아 시계를 보지 않으면 낮인지 밤인지 알 수 없는 곳에서 혜리는 컴퓨터 앞에 앉아 있었다. 모니터 속에는 한창 전쟁 중인 캐릭터들이 보였다. 한 손에는 붕대를 하고 있었는데 통증은 없는지 전혀 개의치 않는 모습이었다. 헤드폰을 끼고 있어도 들리지 않을 리가 없는데, 혜리는 방에 들어온 두 사람의 존재를 완전히 무시하고 있었다.

"경찰 아저씨야. 잠깐 얘기 좀 할까?"

스무 살 된 딸이 있는 강준식이 조심스럽게 자세를 낮추며 다시 물었다. 밖에서 노크를 하고 들어오긴 했지만 답을 들은 것은 아니었다. 강준식이 말을 건네도 혜리는 여전히 게임 속에서 빠져나오지 않고 있었다.

"어제 일에 대해서 물으러 왔어."

키보드 위를 열심히 날아다니는 손이 잠시 멈추었다. 그뿐이었다. 다시 혜리는 게임 속으로 빠져들어갔다.

보다 못한 채은호가 앞으로 나서며 조심스럽게 손을 뻗어 혜리의 헤드폰을 귀에서 뗐다. 그것이 실수였다는 것을 채은호는 곧장 깨달았다.

"엄마! 엄마!"

마치 발작이라도 하듯 혜리가 소리를 지르기 시작했다. 불이라도 붙은 것처럼 헤드폰을 머리에서 벗어 집어 던져버렸다. 혜리는 엉덩이를 붙이고 앉은 채로 발을 밀어 침대 구석에 처박혀 소리를 질러댔다. 밖에서 듣고 있었는지 곧장 미령이 들어왔다.

"그래, 엄마 여깄어. 괜찮아. 괜찮아."

미령이 들어와 혜리의 볼을 쓰다듬었다. 혜리는 엄마의 뒤로 숨었다. 엄마의 옷을 꼭 잡고 있는 손이 보였다. 채은호는 조금 이상한 기분을 느꼈다. 갑자기 들어온 두 명의 남자가 두려워 엄마를 의지해 뒤로 숨는 모습이 아니라, 마치 엄마를 방패 삼는 듯 느껴졌기 때문이다. 눈빛은 경계를 하면서도 언제든 할퀼 준비가 되어 있는 살쾡이의 그것과 비슷했다.

"무서워할 것 없어. 우리는 엄마랑 같이 일하는 아저씨들이고, 단순히 어제 일을 물으려고 왔어. 어떻게 송군호라는 아이와 같이 있었는지, 할아버지가 어떻게 너희와 함께 있었는지 어쩌다 그런 일이 생겼는지가 궁금한데, 얘기해줄 수 없을까?"

강준식이 다정한 어조로 말했지만 혜리는 미령의 뒤로 숨기만 했다. 미령이 혜리에게 상황을 설명하며 대답을 해야 한다고 말해도 끄떡하지 않았다. 혜리는 입을 꾹 다문 채 두 사람의 시선에서 벗어나기 위해서만 애를 쓰고 있었다. 미령이 낮은 한숨을 쉬며 고개를 저었다. 그녀의 시선에서 부탁이 느껴져서 두 사람은 방에서 나올 수밖에 없었다. 뒤따라 나온 미령이 마치 한숨과도 같은 어조로 말했다.

"대인기피증이 더 심해진 것 같아요. 내일쯤 병원에 데려가 보려고 해요. 나아지면 다시 물어볼게요. 지금은…… 저한테도 아무 얘기를 하지 않아서."

"이해해. 근데 여러 루트로 조사해보겠지만…… 역시 둘 중 누군가의 진술을 들어야 하는 상황이라서 말이야."

미령이 최석태를 만나주길 바라는 기색이 역력했다. 미령의 눈빛이 살짝 떨리는가 싶더니 곧 고개를 끄덕거렸다.

"내일이라도 경찰서에 들를게요."

두 사람이 말하는 동안 채은호는 혜리의 방문에서 시선을 떼지 못했다. 그런 채은호의 시선과 미령의 눈이 마주쳤다. 채은호가 입을 열었다.

"붕대를 했던데요, 그날 칼에 많이 다친 건가요?"

미령은 순간 입안이 마르는 것을 느꼈다. 쿵, 하고 가슴께에 뭔가 던져지는 충격을 느꼈다. 얼굴에 핏기가 가시는 듯했지만, 채은호에게 단지 피로해서 그런 것으로 보여야만 했다. 당황하지 않아야 했다.

미령이 혜리의 손에 난 상처가 공격흔이라는 걸 알아보았으니, 채은호 역시 알아볼 수 있다는 뜻이었다. 붕대를 할 필요가 없다는 의사의 말에도 혜리의 치료 기록을 들어 부탁한 이유가 사실은 이 때문이었다. 상흔이 완전히 사라질 때까지 붕대를 풀어서는 안 되었다.

"아냐, 깊이 다치지는 않았는데 혜리가 상처를 보면 쉽게 발작할 것 같다고 병원에서 조치한 거야."

"아아."

채은호가 고개를 끄덕였다. 미령은 왜? 하고 묻고 싶었으나 간신히 목구멍 너머로 삼켰다. 괜히 경찰 쪽의 수사 상황을 확인하려는 것으로 보여서는 안 됐다. 예전 같으면 쉽게 물었을 말도 하나하나 다 조심스러웠다.

다행히 강 팀장이 대화에 끼어들었다.

"저기, 그리고 당분간은……."

강준식은 미령에게 당분간 경찰서에 출근하지 말라는 지시를 내려야 했다. 동료에게 건네기 쉬운 말은 아니었다.

"걱정 마세요. 그렇게 하겠습니다."

강준식은 고맙다는 말 대신 그녀의 어깨를 두드려주었다. 미령은 채은호에게도 폐를 끼쳐 미안하다는 인사를 전했다. 채은호는 목례로 대답을 대신했다. 그렇게 두 사람은 미령의 집에서 나왔다.

"어떻게 생각하세요?"

엘리베이터에서 내려 주차장으로 향하면서 채은호가 강준식에게 물었다.

"아직 어린데 충격이 큰 것 같아서 안타까워."

"그것보다 사건요."

강준식이 무슨 소리냐는 듯 채은호를 보았다.

"처음 사체 발견됐을 때요, 미령 선배도 같이 나갔잖아요. 그때 미령 선배, 송군호가 입고 있는 교복을 보고도 딸이 다니던 학교 학생이라고 말하지 않았어요."

"경황이 없으니까 그랬겠지."

"그런가요?"

강준식이 걸음을 멈추고 채은호를 보았다. 채은호 역시 걸음을 멈추고 그를 보았다. 강준식의 미간이 좁혀졌다.

"무슨 생각을 하는 거야?"

"정말 선배의 아버지가 송군호와 혜리, 두 사람 모두를 죽이려 한 걸까요?"

"아니면?"

"CCTV상 최석태 씨가 송군호를 죽이고 도망가는 혜리를 쫓아간 시간이 10시 42분. 우리가 선배의 집에서 혜리와 몸싸움을 벌이는 최석태 씨를 잡은 것이 11시 38분. 거의 한 시간가량의 시간인데 그동안 저 작은 혜리가 최석태 씨와 계속 몸싸움을 했다는 걸까요?"

강준식의 입이 다물렸다. 그는 흔들리는 시선으로 채은호를 보았다. 그의 말이 가리키는 것이 무엇인지를 예감한 것 같았다.

"송군호를 죽이는 걸 보고 혜리가 도망쳤다면, 그리고 곧장 최석태 씨가 쫓아간 거라면 대체 최석태 씨는 언제 송군호의 손톱을 뽑은 거죠? 그리고 지금 그 손톱은 어디에 있는 걸까요? 그리고……."

채은호가 곧은 시선으로 강준식을 보았다.

"손톱을 숨겨놓고 뒤늦게 쫓아간 거라면, 집의 문은 대체 누가 열어준 걸까요?"

강준식은 채은호의 많은 질문에 단 한마디도 대답할 수가 없었다.

6

미령이 혜리의 방을 청소하려고 했던 것은 한두 번이 아니었다. 혜리는 미령이 집을 비운 사이 음식물을 가져다 먹고는 그릇과 남은 음식물 쓰레기를 방구석에 아무렇게나 밀어놓았다. 덕분에 썩은 음식 냄새가 방 안을 가득 메웠다. 침대보나 이불은 언제 빨았는지 알 수도 없었다. 혜리는 제때 씻지도 않았다. 문을 열어볼 때마다 한 덩어리로 엉켜 있는 머리카락은 혜리의 머리 위에 얹어둔 것처럼 보였고 번들거리기까지 했다. 방을 치우려거나 씻기려고 하면 혜리는 소리를 지르고, 급기야는 미령을 물어뜯기까지 했다. 매번 전쟁을 치르듯 병원으로 끌고 가 진료를 받게 했지만, 그나마 정신건강의학과에 다니지 않은 지도 벌써 10개월이 넘었다. 혜리가 먹지도 않은 약들이 쓰레기통에 처박혀 있었다.

미령은 점점 지쳐갔다. 혜리를 끌어다 억지로 씻기는 일도 그 주기가 길어졌다. 혜리의 방은 못 본 걸로 하고 싶었다. 일이 바쁘다는 핑계로 어쩌면 그녀는 집에서 멀어지고 싶었는지도 몰랐다. 모든 것이 자신의 탓인 것만 같았지만, 미령은 그것을 정면으로 돌파하기보다 아무것도 보지 못한 척 고개를 돌리는 쪽을 선택했다. 혜리가 방 안으로 들어가버린 이후, 미령은 점점 더 집을 쓸고 닦았다. 거의 정리 벽이 생긴 것 같았다. 혜리에 대한 반발 작용인지도 몰랐다.

어제, 혜리의 방을 본 강준식과 채은호가 자신을 어떻게 생각할지 미령은 신경이 쓰였다. 엄마라는 여자가 이렇게 관리하지 못하니 아이가 비뚤어지는 것도 당연하다고 생각할 것만 같았다. 미령은 깊은 한숨을 내쉬면서 양손으로 얼굴을 문질렀다. 지금은 그런 생각이나 하고 있을 때가 아니었다. 채은호가 칼보관함에 칼이 하나 빈 것을 눈치챘을지도 모른다는 두려움에 마음을 졸였다. 일단 칼 문제부터 해결해야 했다.

미령은 혜리의 방으로 가 짧게 노크를 하고 문을 열었다. 대답은 기다리지도 않았다. 지금껏 대답이 들려온 적은 한 번도 없었다.

혜리는 침대 위에 몸을 웅크리고 누워 있었다. 벽을 본 채였다. 이불은 혜리의 엉덩이 아래쪽에 엉망으로 엉켜 밀려나 있었다. 방은 몹시 어두웠다. 창의 암막 커튼이 젖혀진 적이 언제인

지 알 수도 없었다. 퀴퀴한 냄새를 애써 모르는 척했다. 등이 딱
딱하게 굳어 있는 것으로 보아 아이가 잠을 자고 있지는 않단
생각이 들었다.

"칼은 집에서 가지고 간 거지?"

문턱에 선 채로 물었다. 혜리는 꼼짝도 하지 않았다.

"엄마가 정확히 알아야 해. 그래야 뭐든 해결할 수가 있어."

이번에도 혜리는 대답하지 않았다. 예상한 바였다. 아무런 반
응을 보이지 않는다는 것만으로도 범죄에 사용된 칼이 집에 있
었던 칼이라는 것은 확실했다. 칼 보관함의 빈자리를 본 순간
그녀는 알고 있었다. 다만 아이가 이제 어떤 반응을 보일지가
궁금했다. 지금 네 엄마가 너를 위해 이렇게 애쓰고 있다, 고 말
하고 싶은지도 몰랐다.

혜리에게 다른 대답은 더 이상 기대할 수 없었다. 미령은 문
을 닫고 주방으로 돌아왔다. 칼자루 쪽으로 가 꽂혀 있는 칼을
빼 들었다. 몇 년 전 홈쇼핑에서 샀던 세트였다. 총 여섯 자루가
꽂히는데 한 개는 빵을 써는 용으로 몇 번 써보지도 않은 것이
었다. 몇 년이나 쓴 칼이라고는 하지만 사용 흔적은 많지 않았
다. 일이 바빠 요리를 할 시간 같은 것은 없었기 때문이다. 이 중
에 한 자루 정도 완전히 새것이 들어 있다고 해도 그리 이상한
건 아니지 않을까? 마트에 가면 지금 이 브랜드의 칼을 살 수
있을까? 그런 생각을 하며 미령은 들고 있던 칼을 다시 제자리

에 가져다두었다.

그때 초인종이 울렸다. 심장이 불안하게 뛰었다. 집을 찾아올 사람은 경찰밖에 없었다. 어제저녁에도 다녀갔는데 이번에는 무슨 일일까. 혹시 새로운 증거가 나오기라도 한 걸까.

아주 짧은 시간 동안 많은 생각이 오갔다. 그 와중에도 미령은 천천히 현관문 쪽으로 갔다. 밖을 비추는 인터폰 화면에 떠 있는 것은 채은호의 얼굴이었다. 아침부터 웬일일까. 어제 칼자루들을 물끄러미 보던 모습이 떠올라 더욱 불안했다. 강준식은 보이지 않았다. 출근길에 들렀는지도 모른다. 미령은 딱딱하게 굳은 얼굴을 신경 쓰며 문을 열어주었다.

"아침부터 죄송합니다, 선배."

"괜찮아."

"어제 한 가지 잊고 간 것이 있어서요."

미령은 채은호의 얼굴을 물끄러미 보았다. 채은호는 후배들 중에 가장 독보적인 친구였다. 같은 기수 중에 가장 많은 사건을 해결해 빠른 승진이 예상되었다. 채은호는 사건을 넓은 시야에서 볼 줄 알았다. 이거다 싶으면 누구의 말에도 상관없이 사건을 깊이 팠다. 형사 일에 열정이 있었다. 후배지만 배울 점이 많았다. 그만큼 지금은 가장 껄끄러운 존재이기도 했다.

미령은 채은호를 안으로 들였다. 무슨 일인지 묻고 싶었지만 자신이 먼저 얘기를 꺼내는 것은 좋지 않으리라 판단했다. 채은

82

호는 한쪽 손에 검은색 가방을 들고 있었다. 선 채로 신발장 주변을 둘러보았다.

"어제 말이에요, 혜리가 신었던 신발이 어떤 거죠?"

"혜리 신발?"

그건 왜? 하고 나오려는 말을 목구멍 안으로 간신히 삼켰다. 어차피 족적 확인용일 것이다. 현장이 오랫동안 방치된 주택이었던 만큼 혜리의 족적이 남아 있을 테지만, 그건 중요하지 않았다. 송군호와 함께 있다가 느닷없이 나타난 최석태를 피해 도망갔다고 하면 설명되는 일이었다. 미령은 신발장 앞에 놓여 있는 남색의 스니커즈 한 쌍을 가리켰다. 거짓말을 할 이유는 없었다.

"저거야."

"감사합니다. 잠깐 볼게요."

그는 들고 있던 검은색 가방을 옆에 내려놓고 신발 두 짝을 한 손에 쥐었다. 이리저리 살펴보는 듯하더니 바로 스니커즈를 뒤집었다. 미령은 그가 고개를 살짝 끄덕이는 모습을 주시했다.

그는 가방 안에서 흰 종이와 증거용 채집 봉투를 꺼냈다. 뒤이어 꺼낸 것은 감식반에서 주로 사용하는 붓이었다. 그는 붓으로 운동화 바닥을 살살 긁었다. 흙이 가벼운 소리를 내며 종이 위로 떨어졌다. 그는 양쪽 운동화에서 세심하게 흙을 채집한 뒤 종이를 반 접어 봉투를 벌리고 안으로 흙을 쏟아부었다. 봉투를 밀봉한 그는 유성 펜으로 겉에 무어라 적었지만 미령이 선 곳에서는 잘 보이지 않았다.

"뭔데?"

아무것도 묻지 않는 것보다는 이편이 자연스러울 듯했다. 그녀는 긴장을 감추려는 듯 옷깃을 여몄다.

"확인할 것이 있어서요."

채은호는 더 이상 말을 잇지 않았다. 사건 관계자에게는 설명할 일이 아니라는 뜻인지도 몰랐다. 불안한 기분을 가라앉히려는데 채은호가 미령의 등 뒤쪽으로 시선을 던졌다. 갑자기 한 자리가 비어 있는 칼 보관함이 떠올라 미령은 자신도 모르게 숨을 멈췄다.

"혜리는 괜찮나요?"

안부를 물어보려던 거였나. 날카로워진 신경을 감추려 미령이 어색하게 웃었다.

"한마디도 안 해. 혜리가 저런 상태라 어떡하지?"

"최석태 씨 역시……."

채은호가 살짝 미령의 눈치를 보고는 다시 말했다.

"선배님 아버님도 아직 입을 열지 않으세요."

"왠지 내가 미안하네. 하지만 난 피해자의 엄마야. 단순히 그것만 생각해줘."

아버지 쪽의 이야기가 궁금하기도 했지만 자신은 인연을 끊은 부녀 사이라는 점을 강조하고 싶었다. 물론 혜리가 피해자라는 것도. 그러니 조사해야 할 것은 혜리가 아니라는 사실을 주지시키고 싶었다. 채은호는 곤란하다는 듯한 표정으로 살짝 고개를 숙였다.

"저희는 말하는 것의 얘기를 더 집중적으로 들으면 되니까요."

채은호는 들고 있던 채집 봉투를 살짝 흔들어 보였다. 안에서 흙들이 이리저리로 흔들렸다. 그것은 평소 미령이 하던 말이었다. 진술의 진위를 항상 의심하라. 증거와 현장이 말하는 이야기를 들어라. 이제는 그 말의 날이 자신을 겨누고 있다.

"아 참."

분위기를 바꾸려는 듯 그가 한 톤 높은 목소리로 말했다.

"어제 보니 주방 칼꽂이에 한 자리가 비었던데요?"

미령은 턱, 숨이 막혔다. 바로 답변이 나오지 않았다. 입이 탔고, 자기도 모르게 눈을 깜박이는 속도가 빨라졌다. 채은호의 표정을 읽을 수가 없었다. 기본적으로 장착하고 태어난 듯한 미소 띤 입술을 가볍게 다물고 그녀를 보고 있었다. 마치 자신은 지나가며 인사하듯 가볍게 질문해본 거라는 얼굴로. 그것은 미령이 파놓은 우물 정중앙에 무거운 바위를 던진 것 같은 파장을 일으켰다.

"그래? 난 신경을 안 써서 모르겠는데. 지금 확인해볼까?"

미령은 지금 자신의 목소리가 떨리지 않는지 확신할 수 없었다. 채은호가 말했다.

"아뇨. 갑자기 생각나서 말씀드려본 거예요."

"중요한 거면 지금 확인해볼게."

당당하게 보이려면, 흔들리지 않으려면 감추려고만 해서는 안 된다. 당당하다는 것을 보여줘야 한다. 그러면 상대는 오히려 이쪽에 흥미를 잃는다. 미령의 의도가 맞아떨어졌는지 채은호가 손을 내저었다.

"그런 건 아니에요. 정말로 그냥 생각나서요. 전 이만 가볼게요."

"그래?"

파문이 일던 가슴이 점차 떨림을 멈췄다.

채은호는 문을 열다 말고 미령을 보았다.

"선배, 한집에서 살던 사람들한테는 비슷한 느낌이 남아 있는 것 같아요."

미령이 고개를 갸웃했다. 채은호는 웃으며 고개를 꾸벅 숙이고는 집을 나섰다.

문이 닫힌 뒤에도 미령은 신발장 앞에 서 있었다. 한집에서 살던 사람들한테는 비슷한 느낌이 남아 있다. 그게 무슨 뜻일까. 아버지와 나? 아니면 혜리와 나? 그것도 아니면…….

미령은 주방 안으로 들어갔다. 칼 보관함에 여전히 빈자리가 하나 남아 있었다.

현장에서 체포된 최석태에게는 구속 영장이 떨어졌다. 수감복이 지급되었고, 그가 입었던 옷은 곧장 증거물로 형사팀에 전해졌다. 채은호와 강준식이 테이블에 증거물을 올려놓고 사진을 찍었다.

"옷에서 송군호의 혈액이 검출되면 곧장 기소 의견으로 검찰에 보내고 종결하면 되겠지."

강준식이 말했지만 채은호는 아무런 대답도 하지 않았다. 그는 라텍스 장갑을 낀 채로 최석태의 바지를 조심스럽게 펼쳤다.

"역시."

뭐가 '역시'인지 강준식은 이해할 수 없었다. 채은호가 무슨 생각을 하고 있는지, 그리고 뭘 확인했는지 말이다. 채은호는 얼른 흰 종이 하나와 현장 감식용 붓을 가져왔다. 그러고는 펼쳐놓은 바지의 무릎 부위를 붓으로 살살 긁었다. 마른 흙먼지가 흰 종이 위에 후드득 떨어졌다. 바지 양쪽 무릎 부위에 흙이 말라붙어 있었다. 지켜보던 강준식이 물었다.

"그건 뭘 하게?"

종이에 모은 흙먼지를 증거 채집 봉투에 조심스럽게 쏟아부은 채은호가 답했다.

"토양 동일성 검사요."

겉으로 보기에 비슷한 흙이지만 장소마다 다른 특징을 갖고 있다. 토양에 함유된 유기물과 무기물은 물론이고 입자의 크기와 구성 성분을 비교해보면 어떤 환경의 흙인지 유추할 수 있다. 토양 동일성 검사란 비교 대조군이 있을 경우 같은 장소에서 나온 흙인지 아닌지 판단할 수 있게 해준다.

"흙이 무릎에만 묻어 있잖아요. 어떻게 생각하세요?"

툭 질문을 던져놓고 채은호는 흙 채취를 마무리 지었다. 강준식은 흙이 묻어 있던 무릎 부위와 채은호가 했던 말을 연결해보았다. CCTV상에 나타난 최석태가 한 시간가량이나 흐른 뒤 혜리와 몸싸움을 하고 있었던 그 시간차에 대해서 말이다. 강준식은 눈을 가늘게 뜨며 말했다.

"손톱?"

강준식의 대답에 채은호가 허리를 펴며 웃어 보였다. 정답이었다.

"흙이 무릎에만 묻어 있는 건, 어디선가 무릎을 꿇었다는 뜻 아닐까요? 그게 어딜까요? 무슨 일이 있었던 것인지는 모르지만 송군호가 살해된 장소일 수도 있을 거고, 아닐 수도 있어요. 전 아닐 거라는 확신이 더 크지만."

"어째서?"

채은호는 가방에서 채집 봉투 하나를 더 꺼냈다. 아침 출근길에 미령의 집에 들러 채취해 온 혜리의 신발 흙이었다. 채은호가 그것을 흔들어 보이자 강준식이 받아 봉투 앞에 적힌 메모를 보았다.

　[민혜리 운동화 채취]

　"그냥 육안으로 봐도 흙이 달라 보이지 않아요? 민혜리의 것은 모래에 가깝고 최석태의 바지에 묻은 것은 습기를 많이 먹은 흙이에요. 색깔도 현저하게 다르고요. 민혜리는 최석태에게서 도망쳐 곧장 집으로 돌아갔어요. 그런데 최석태에게는 시간의 공백이 있죠. 저는 그 시간에 송군호의 손톱을 빼서 어딘가에 숨겼다고 생각돼요. 무릎에 묻은 것은 그때의 흙이라고 보는 거죠."

　"땅에 묻었다는 거지? 습기를 먹은 흙이라. 그런 장소가 어디지?"

　채은호의 계획이 강 팀장에게 그대로 읽혔다. 땅에 묻었을 거라 짐작되는 송군호의 손톱을 찾는다. 그러니 최석태의 바지에서 채취된 곳과 동일한 흙을 찾는 것이 급선무였다.

　채은호가 말했다.

　"반경은 넓지 않아요. 시신이 발견된 장소에서 달리기로 30분 이내에 갈 수 있는 장소, 인적이 드물고 습기가 많은 장소, 도구가 없어도 땅을 팔 수 있는 장소. 그런 곳을 찾아내면 돼요. 마지막으로는 토양 동일성 검사를 통해 정확한 확인을 해야 하죠."

채은호가 손에 들고 있는 두 개의 채취 자료를 흔들어 보였다.

"참, 그리고 피해자의 휴대폰 사용 기록 말이에요. 나왔나요?"

강준식은 책상에 올려두었던 서류 봉투를 채은호에게 내밀었다. 채은호는 라텍스 장갑을 벗고 서류를 꺼내 한참이나 들여다보았다. 그의 표정이 점점 어두워졌다. 강준식이 고개를 갸웃했다.

"특별한 거 없던데, 왜?"

"없어서 문제네요."

"뭐?"

채은호가 고개를 들고 강준식을 보았다.

"혜리의 휴대폰에는 있던 대화 수발신 기록이 없어요. 사건 당일 혜리를 불러냈던 메시지요."

강준식이 눈을 커다랗게 떴다. 빠른 손놀림으로 채은호의 손에서 서류를 낚아챘다. 그 역시도 서류 안에서 그날 미령의 집에서 보았던 통신 기록을 찾을 수 없었다.

"그렇다면 휴대폰이 두 개였다는 얘긴가?"

채은호의 눈이 빛났다.

"유족을 만나봐야겠네요."

미령은 식당 집기 일체 납품을 위주로 하는 주방 용품 매장을 찾았다. 휴대폰으로 검색한 끝에 찾아온 곳이었다. 몇 년 전에 산 칼은 인터넷에서도 쉽게 살 수 있었다. 하지만 온라인 구매는 기록이 남는다. 어떻게든 오프라인에서 구해야 했다. 집에 있던 칼은 주방 용품 브랜드인 아트키친의 지르코늄 라인 중 하나였다. 지르코늄 라인은 비슷해 보여도 디자인이 전부 달랐다. 미령은 찍어 온 사진을 다시 확인했다. 세트의 세 번째 사이즈 칼이 반드시 필요했다.

"어서 오세요."

미령이 가게 문을 열고 들어서자 카운터에 앉아 견적서를 쓰고 있던 여자가 고개도 들지 않고 인사를 했다. 미령은 자연스럽게 가게 안을 휘 둘러보았다. 사진을 보여주면서 같은 칼을 찾는 행동은 금물이었다. 눈에 띄어서는 안 되기 때문에 일부러 화장도 하지 않고, 옷도 어디서나 볼 수 있는 회색빛 트레이닝복을 입었다. 칼 한 자루가 필요해 나온 인근 주민처럼 보여야 했다.

미령은 칼이 잔뜩 진열되어 있는 매대로 향했다. 플라스틱으로 포장해 낱개로 판매하기도 했고, 미령의 집에 있는 것처럼 다섯 개를 보관함에 꽂아 세트로 팔기도 했다. 세트 상품은 따로 포장되어 있지 않았다. 아트키친의 물건은 제법 흔해서 금세 찾을 수 있었지만, 미령이 찾는 것과 똑같지는 않았다. 칼자루 부분의 디자인이 미세하게 달랐다.

주의 깊게 찾은 끝에 곧 같은 디자인의 물건을 찾을 수 있었다. 채은호 쪽에서 범죄에 사용된 칼이 미령의 집에서 나온 것이라고 주장해도 그 칼은 누구나 쉽게 살 수 있는 칼이라고 설명하면 되었다. 집에 칼 한 개가 없는 것은 우연일 뿐이라고 주장할 수도 있었다. 하지만 칼이 모두 있는 편이 안전했다. 당시 한 개가 보이지 않았던 것은 채은호의 착각이었거나 잠시 그 칼이 다른 위치에 있었다고 대응할 수 있었다.

미령은 사려는 칼을 집어 들었다. 그때 머리를 스치는 생각이 있었다.

—선배. 한집에서 살던 사람들한테는 비슷한 느낌이 남아 있는 것 같아요.

미령은 칼을 뒤집어 포장에 있는 설명서를 확인했다. 아랫부분에는 칼이 생산된 공장과 책임자 등의 이름이 찍혀 있었다. 공장은 경기도 포천시 천수면에 위치하고 있었다. 미령은 휴대폰을 켜 '아트키친 공장'이라고 입력한 후 검색을 눌렀다. 전국에 있는 아트키친 공장의 전화번호와 주소가 나왔다. 모두 네 군데의 공장에서 칼이 생산되고 있었다.

디자인이 같으면 같은 칼일까?

미령은 문득 아침에 흙을 채취하던 채은호를 떠올렸다. 분명 그는 동일성 검사를 위해 흙을 채취했을 것이었다. 만약 칼의 진위 여부가 도마 위에 올라 동일성 검사를 한다면 어떻게 될까? 네 군데에서 생산하는 칼에 남는 구성 성분이 모두 같은 것일까? 같은 재료를 쓴다고 해도 보관 위치와 방법에 따라 표면에 남는 원소들이 상이할 수도 있다.

집으려던 칼 한 자루를 놓고 미령은 세트로 파는 칼을 선택했다.

7

송군호의 집은 미령의 집에서 차로 10분 정도 걸리는 거리에 있었다. 같은 은파동이라고는 해도 이쪽은 도로에 들어서자마자 분위기가 확연히 달랐다. 해송빌리지라는 전원주택 단지의 A동에 송군호의 집이 있었다. 두 가구가 한 개의 동으로 묶여 있고, 동마다 출입구가 별도로 달려 있었다. 주차장도 동별로 마련되어 있는 고급 빌라였다. 동 입구에 있는 호출기로 102호를 누르자 현관문이 바로 열렸다. 출발 전에 통화하고 온 덕분에 길게 설명하지 않아도 되었다.

아직 송군호의 시신은 부검이 끝나지 않아 유족에게 인계되지 못하고 있었다. 그 탓에 송군호의 장례도 치러지지 않았다. 굉장히 조심스러운 상황이었다. 더군다나 현장에서 붙잡힌 것이나 다름없는 용의자가 있음에도 사건을 종결하지 않는 연유를 납득하지 못할 가능성이 높았다. 형사들에 대한 불신은 많은 현장에서 받아본 일이었다. 채은호는 마음의 준비를 하고 들어 갔다.

"안녕하십니까? 전화드렸던 채은호 형사입니다."

"들어오세요."

문을 열어준 것은 송군호의 아버지였다. 이름은 송인만. 52세로 각종 통조림용 캔을 납품하는 공장을 운영하고 있는 사업가였다. 척 보기에도 꽤 부유한 집안이었다. 그때 납빛의 얼굴을 한 여성이 안방의 문을 열고 나왔다. 화장기 하나 없는 얼굴이었다. 입술은 여기저기 허옇게 갈라져 있었다. 부어 있는 눈 아래로 깊은 그늘이 드리워 있었다. 송군호의 어머니였다. 신옥경. 51세.

송인만이 채은호를 소파로 안내했다. 신옥경은 아무런 말 없이 채은호의 맞은편 소파로 와 앉았다. 송인만이 그 옆으로 다가왔다. 남편이 옆에 앉는 사이 신옥경은 아들의 방 쪽을 향해 물끄러미 시선을 던지고 있었다. 남편이 옆자리에 앉으며 소파가 살짝 꺼지자 놀란 듯이 시선을 채은호에게로 돌렸다.

"저희 군호는…… 아직입니까?"

"죄송합니다. 부검에는 시일이 걸립니다. 곧 인계되도록 조치하겠습니다."

채은호가 낮은 목소리로 말하며 고개를 숙였다. 신옥경이 보일 듯 말 듯하게 고개를 저었다. 채은호에게 말을 건네는 쪽은 주로 송인만이었다.

"그럼 오늘 오신 건……."

"몇 가지 여쭐 게 있어서 왔습니다."

"말씀하세요."

"혹시 송군호 군의 휴대폰을 가지고 계십니까?"

"휴대폰요? 아뇨……."

고개를 내저으며 송인만이 신옥경을 쳐다보았다. 신옥경에게 대답을 요구하는 것 같았다. 그럴 만도 했다. 조사에 따르면 송인만은 작은 회사를 대기업에 부품을 납품하는 중견 기업으로 성장시킨 인물이었다. 자녀의 문제는 대부분의 가정이 그러하듯 아내에게 의지하고 있을 터였다. 신옥경은 눈을 둥그렇게 떴다.

"휴대폰은 경찰에서 갖고 있는 줄 알았는데 아니었나요?"

"시신 수습 단계에서 회수된 휴대폰은 경찰에서 보관 중입니다. 그런데 송군호 군이 휴대폰을 두 개 썼다는 정황이 있어서요. 혹시 알고 계시는지 여쭤보는 겁니다."

"저희는 그런 얘긴 금시초문입니다. 그리고 두 개를 썼다고 해도 말이에요, 학교에 책은 안 가져가도 휴대폰은 가져가는 애였습니다. 집에 놔뒀을 리가 없습니다."

송인만의 말은 어딘지 냉정하게 들렸다. 죽은 아들이지만 생

전의 미움이 남아 있는 모양이었다. 송군호는 학교에서 꽤 문제를 일으킨 인물로 확인되었다. 밖에서 문제를 일으키는 학생은 가정에서도 마찬가지일 확률이 높다. 송군호는 부모와 충돌이 잦았을 것이다. 송인만의 태도에서도 짐작할 수 있었다.

"혹시 알아?"

송인만이 신옥경에게 물었다. 기운을 완전히 소진한 목소리로 신옥경이 대답했다.

"아이 사건 나고 나서 방에 수시로 들어가봤지만 다른 휴대폰은 없었어요."

"그럼 다시 한번만 확인해주실 수 있을까요?"

채은호의 물음에 신옥경이 천천히 고개를 끄덕였다. 신옥경은 현관 입구에서 가까운 방의 문을 열었다. 그곳이 송군호의 방인 모양이었다.

"제가 좀 봐도 될까요?"

채은호가 말하자 송군호의 방으로 들어가려던 신옥경이 걸음을 멈추었다. 머뭇거리는 신옥경 대신 송인만이 그러라고 대답했다. 신옥경도 다시 송군호의 방으로 들어갔다. 채은호에겐 그것이 따라 들어오라는 의미로 받아들여졌다.

책상은 정면에 놓여 있었다. 그 옆으로 슈퍼싱글 사이즈의 침대가 놓여 있었다. 꽤 넓은 책상은 컴퓨터로 가득 차 있었다. 모니터 두 개가 놓여 있었고, 바닥에는 게임을 할 때 쓰는 조이스

틱이 아무렇게나 던져져 있었다. VR 헤드셋은 컴퓨터 본체 위에 얹혀 있었다. 문득 혜리의 방이 떠올랐다. 학교에서 알게 된 두 사람이 게임으로 친분을 이어오고 있었던 것일까?

신옥경은 책상 옆에 나 있는 콘센트 쪽을 한번 확인해본 후 책상 서랍을 열어보고 있었다. 서랍을 뒤지는 손에 열의는 없었다.

"역시 없네요. 잘못 아신 거 같은데요? 휴대폰 요금은 저희가 내주고 있는데 사용하고 있는 건 하나뿐이에요."

"개통되지 않은 공폰일 수도 있습니다."

미개통 휴대폰도 와이파이 영역에서는 인터넷에 연결되고, 메신저도 사용할 수 있다. 왜 그런 휴대폰을 별도로 사용했는지까지는 알 수 없지만, 혜리를 불러낸 것이 현재 사용하는 휴대폰이 아님은 명확했다. 채은호는 발견되지 않은 그 기기에 중요한 단서가 담겨 있으리라는 확신에 찼다.

"글쎄요. 그런 건 없어요. 범인이 가져간 것 아니에요?"

채은호는 최석태가 아직 용의자 신분이라고 말해주려다가 말았다. 어쨌거나 이쪽은 자식을 잃은 입장이었다. 용의자와 범인의 단어 차이 따위가 중요한 상황이 아니었다.

"글쎄요. 아직 입을 다물고 있어서."

"대체 그 할아버지는 저희 아들한테 무슨 억하심정이 있답니까? 왜 우리 아들을 죽인 거죠? 아무리 부모 속을 썩이는 녀석이었더라도 우리한테는 소중한 자식이란 말입니다. 도저히 용

98

서할 수 없어요. 빨리 조사를 마무리해서 그 인간이 처벌받을 수 있도록 해주세요."

신옥경의 목소리는 점점 격앙되었다. 그녀의 목소리에 놀란 송인만이 방 안으로 들어와 아내의 어깨를 감싸 안았다. 말리는 듯했다. 신옥경은 두 손으로 얼굴을 감쌌다.

"알겠습니다. 한 가지 더 여쭤봐도 될까요? 혹시 송군호 군과 친한 친구들의 이름을 알고 계십니까?"

이번에도 역시 송인만은 대답 대신 아내의 얼굴을 들여다보았다. 신옥경이 얼굴에서 손을 떼었다. 그녀는 낮게 고개를 저었다.

"중학교에 들어가고 난 이후부터 사춘기가 왔는지 저희와는 대화도 잘 안 했어요. 친한 친구 누가 있는지, 학교 끝나고 뭘 하고 다녔는지 저희는 잘 몰라요. 부모 자격 없다고 해도 할 말은 없지만 그 나이대의 애들은 다 그렇다고 생각했죠."

아니, 송군호는 일반적인 아이들의 사춘기와는 조금 달랐다. 주도적으로 폭행에 가담한 것은 아니지만 학폭위에 회부된 전력도 있었고, 일명 비행 청소년들과 어울렸다. 부모인 이 두 사람이 그걸 모를 리 없었다. 비뚤어진 자식을 어떻게 다루어야 할지 이들은 알지 못했을 것이다. 자신들의 간섭이나 체벌이 아이를 더 어긋나게 할 거라고 생각했는지도 모른다. 아니면 정말로 다른 아이들의 사춘기처럼 잠깐의 일탈로 지나갈 거라고 생각했던 걸까.

"그럼 혹시 민혜리라는 이름은 들어보셨습니까?"

"그 아이가 이번에 우리 군호와 같이 있었다던 애 아닌가요?"

"그렇습니다. 그런데 혹시 그 이전에 들은 적 있는 이름은 아니신가 여쭙는 겁니다."

신옥경이 고개를 저었다.

"들어본 적 없는 이름이에요. 그게 중요한가요?"

"아뇨, 아닙니다. 군호 군과 친했던 학생들이 누가 있었는지 알아보려고 했던 것뿐입니다. 군호 군의 평소 생활이 어땠는지 들을 수 있으니까요."

느닷없이 신옥경이 피식 웃었다. 채은호가 당황하는 표정을 보이자 그녀가 말했다.

"모르는 사람이 들으면 군호가 범죄자 같네요. 우리 군호가 피해자인데."

"아뇨. 오해를 하시게 했다면 죄송합니다. 다만 어째서 이런 일이 벌어졌는지 수사해야 하는 것도 저희의 일이기 때문에……."

"죄송하지만 저희는 더 드릴 말씀이 없네요."

채은호의 말을 자르며 신옥경이 말했다. 기분이 상한 듯했다. 채은호는 흘끗, 송군호의 컴퓨터를 보았다. 컴퓨터에 메신저 프로그램을 깔아 사용했을 수도 있었다. 관심을 돌릴 겸, 컴퓨터를 켰다. 프로그램은 깔려 있지 않았다. 채은호는 이쯤에서 물러나야겠다고 생각했다.

"실례 많았습니다. 곧 연락드리겠습니다."

채은호가 고개를 살짝 숙여 인사했다. 그 방을 나설 때까지 신옥경은 아무런 대답을 하지 않은 채 서 있었다. 그를 배웅하러 나온 것은 송인만이었다.

"이해해주세요. 아이가 죽고 나서 예민해졌습니다."

"이해합니다. 그럴 수밖에 없으시겠죠. 오늘 죄송했다고 전해주십시오."

"감사합니다. 그리고……."

송인만이 잠깐 머뭇거리다가 말을 이었다.

"우리 부부가 아이를 빨리 보낼 수 있도록 도와주십시오."

"네."

짧은 대답을 하고 채은호는 다시 한번 고개를 숙인 뒤 현관문을 열고 나갔다. 문이 닫힌 뒤에도 송인만은 잠시 동안 그곳을 벗어나지 못했다. 그때 신옥경이 그의 뒤로 다가왔다. 어느새 군호의 방문은 닫혀 있었다.

"너무 예민하게 대한 거 아냐? 오히려 더 이상하게 생각하겠어."

"그렇게 생각할 거 없어. 우리 군호가 피해자 맞잖아."

어느새 신옥경의 눈에는 힘이 서려 있었다. 그는 눈을 똑바로 뜨고 자신의 남편을 보았다. 뭐라고 대답해야 할지 모르겠다는 듯 송인만이 그녀를 보고 있을 때, 안방의 문이 열리고 한 여자가 나왔다. 그녀는 두 사람에게로 똑바로 걸어왔다.

"송군호가 범죄자 맞잖아요. 형사가 틀린 말 한 것도 아닌데 왜 그러세요?"

미령이었다. 송인만은 미령의 시선을 피해 눈을 바닥으로 두었지만, 신옥경은 미간을 찌푸리고 그녀를 노려보았다.

미령이 영상의 존재를 눈치챈 것은 혜리의 휴대폰에서 메시지를 삭제하던 때였다. 계속 과거로 올라갈수록 속에서는 천불이 일었다. 송군호는 혜리가 대답이라도 늦을라치면 '그럼 내가 알아서 할까?'라는 이해 가지 않는 문자를 보냈고, 그러면 더이상의 대화는 오가지 않았다. 혜리는 송군호의 강요에 못 이겨항상 그를 만났던 게 분명했다. 많은 사건을 다뤄온 미령이 이대화가 무엇을 의미하는지 모를 리 없었다. 혜리가 단단히 약점을 잡혔다는 뜻이었다. 상대는 송군호다. 이 두 가지를 이어볼수록 미령의 불안감은 더해갔다.

미령은 혜리의 방으로 들어갔다. 혜리는 어둠 속에서 게임을 하고 있었다. 연속으로 들려오는 기계음이 미령의 신경을 날카롭게 했다. 혜리의 앞에 송군호와의 대화 창을 열어놓은 휴대폰을 내밀었다.

"안 나가도 됐었잖아. 왜 나갔어?"

혜리의 눈이 휴대폰 쪽으로 낮게 깔렸다. 입술이 앙다물어지는 것이 보였다. 혜리는 여전히 키보드 위에 두 손을 올려놓은 상태였지만 꼼짝하지 않았다. 눈을 질끈 감고 있었다.

"협박받는 게 있었던 거지?"

혜리의 손이 덜덜 떨렸다. 잠시 동안 미령은 숨을 쉬지 못했다. 주체 못 할 정도로 이는 분노가 가슴을 뻐근하게 채웠다. 그녀는 힘겹게 입술을 뗐다.

"혹시 찍혔니? 영상 같은 거?"

혜리가 몸을 떨기 시작했다. 얼굴에서 핏기가 사라져 있었다. 목을 휙 꺾더니 하늘을 쳐다본 상태로 비명을 지르기 시작했다. 핏발 선 눈이 허공을 휘돌았다. 돌연 벌떡 일어나 책상 위의 잡동사니를 힘껏 밀쳐냈다. 시끄러운 소리를 내며 연필꽂이 같은 것들이 바닥을 뒹굴었다. 그것으로도 모자란지 혜리는 키보드를 집어 머리 위로 치켜들었다. 컴퓨터와 연결되어 있는 선을 마구잡이로 흔들어 빼버렸다.

미령은 혜리를 지켜보면서도 온몸에 힘이 빠진 듯 아무것도 할 수 없었다. 혜리가 집어 던지는 물건들이 눈앞을 스쳐 지나갔지만 피하거나 말릴 수도 없었다. 그런 일을 겪었다는 사실조차 몰랐던 자신의 무력함에 완벽히 짓눌리고 있었다.

그런 혜리에게 몇 번씩이나 영상을 빌미로 당하면서 왜 아무 말도 하지 않았느냐고 할 자신이 없었다. 다시 한번 아이의 그

공허한 눈 속의 원망과 마주한다면 온몸이 갈기갈기 찢겨 나가 버릴 것 같았다.

'이번에도 조용히 있을 거지?'

혜리의 그 말은 단순히 잘못을 비밀로 해달라는 것이었을까? 아니, 그건 자신을 향한 비난이었다. 아이가 당한 일을 다른 사람들의 시선이 무서워 아무 일도 없었던 듯 덮어버린 것을, 혜리는 자신의 상처를 모르는 척하는 거라고 느꼈을지도 모른다. 아무 처벌도 받지 않는 송군호를 보면서 누구에게도 호소할 수 없다고 포기해버렸을지도 모른다. 엄마 역시 믿을 수 없다고 생각했을지도.

송군호는 영상을 빌미로 혜리를 계속 불러낸 것이 확실했다. 혜리에게 이 이상 더 물을 수는 없었다. 죽어버린 송군호에게 어떤 해명도 사죄의 말도 들을 수 없었다. 하지만 해야 할 일은 있었다. 이미 혜리가 입어버린 상처였다. 이제 와서 그 상처를 다시 세상에 내놓을 수는 없었다. 좌절했을지도 모를 혜리에게는 평생 용서를 구해야 할지도 모르지만, 다시 그 순간이 온대도 미령은 엄마로서 같은 선택을 할 것이라고 생각했다. 그녀는 머릿속에 떠오르는 일을 실행하기로 마음먹었다.

많은 사건을 함께 해결해온 일원으로 짐작할 수 있었다. 형사 팀은 송군호에 대해 알아보기 시작할 것이다. 이미 혜리와 송군호의 관계에 의문을 품지 않았던가. 반드시 송군호의 방을 수색

하리라 생각했다.

송군호의 컴퓨터에는 아직 영상이 남아 있을지도 모른다. 아니 거의 확실하다. 자신이 먼저 그것을 손에 넣어야 했다. 그것이 오늘 송군호의 집을 찾아온 이유였다. 신옥경은 미령이 누구인지 알고 나자 기절이라도 할 듯한 얼굴을 했다. 그 모습을 보고서야 미령은 확신했다.

"알고 있는 거지? 내 딸이 무슨 일을 당했는지."

현관문 앞에서 신옥경과 미령은 한참을 대치하듯 서 있었다. 서로에게서 시선을 떼지 않은 채였다. 뒤늦게 나온 송인만이 어쩔 줄 몰라 하는 표정으로 신옥경의 뒤에 섰다. 초인종이 울린 건 그때였다. 채은호였다. 인터폰 화면에 빌라 1층 현관에 있는 채은호의 얼굴이 크게 보였다. 미령의 예상보다 훨씬 빠른 방문이었다.

"그, 그럼 그 할아버지가 우리 군호를 죽인 건……."

신옥경은 더 이상 말을 잇지 못했다. 손녀에 대한 복수였냐는 물음일 터였다. 미령은 대답하지 않았다. 그 일은 미령과 혜리 단둘의 비밀이었다. 아니 어쩌면 미령이 혼자 사수해야 하는 비밀일 수도 있었다.

"경찰이 왔네. 어떻게 말하든 마음대로 해. 내가 여기 있다는 것 역시 말해도 돼. 하지만 그때는 모든 걸 다 공개해야 한다는 걸 각오해야 할 거야. 네 아들은 죽어버렸으니까 상관없다고 생각한다면 마음대로 해."

미령은 신발을 신은 채 거실 위로 올랐다. 그리고 두 사람이 막기도 전에 안쪽에 있는 방으로 향했다. 구조상 그곳이 안방이라고 판단했다. 송군호의 방은 채은호가 보길 원할 가능성이 많았기 때문에 피해야 했다. 문을 닫는데, 송인만이 인터폰으로 채은호와 통화하는 소리가 들려왔다.

송인만과 신옥경이 내린 결정이 무엇인지는 안방에 선 채로 들었다. 두 사람 모두 휴대폰의 존재는 모르는 것으로 일관했다. 그 휴대폰이 송군호의 두 번째 전화기라는 것은 미령도 모르는 일이었다. 채은호의 말을 통해 송군호가 평소 쓰던 휴대폰은 현장에서 경찰이 입수했다는 것을 알게 되었다. 미령은 혜리와 송군호가 대화한 메신저 창을 채은호에게 보여줬던 일이 떠올랐다. 실수였는지도 모른다. 그걸 통해 송군호의 두 번째 폰의 정체를 깨달았을 것이다.

미령의 눈가가 미세하게 떨렸다. 송군호는 두 번째 폰으로 혜리를 괴롭혀왔던 것이다. 부모도 몰랐던 두 번째 폰. 은밀하게 사용되었다는 그 하나만으로도 송군호가 자신이 하는 일이 잘못된 것이란 걸 알고 있었다는 뜻이다. 치밀어 오르는 분노를 억누르기가 힘들었다.

신옥경이 안방에 숨어 있는 미령을 겨냥해 일부러 목소리를 키워 '피해자' 운운하는 소리가 들렸지만 그녀는 눈 하나 깜빡하지 않았다. 두 번째 휴대폰의 존재까지 드러난 마당에 송군호가 범죄자였다는 사실을 저 부모라는 자들도 부인할 수 없을 터였다.

이로써 두 사람이 송군호의 휴대폰을 가지고 있고, 영상 또한 보았음을 확신할 수 있었다. 아마 송군호의 사망 이후 발견했을 것이다.

"송군호 범죄자 맞잖아요. 형사가 틀린 말 한 것도 아닌데 왜 그러세요?"

신옥경이 미령을 노려보았다. 그러나 그것도 잠시 신옥경은 곧장 안방으로 들어갔다. 덜그럭거리는 소리가 들려왔다. 뭔가를 찾고 있는 것 같았다. 그게 무엇일지는 보지 않아도 알 수 있었다. 역시나 잠시 뒤 나온 신옥경의 손에 휴대폰이 들려 있었다. 신옥경은 그대로 휴대폰을 바닥에 집어던졌다. 그러고는 벽을 따라 놓여 있던 수석 중 하나를 가지고 왔다. 그녀는 양손으로 수석을 높이 들었다가 휴대폰 위로 내리쳤다. 한 번, 두 번. 연이어 계속 내리치는 신옥경의 손길 아래에서 송군호의 휴대폰은 셀 수 없을 정도로 조각이 나버렸다. 한참 그렇게 하는 동안 미령은 거기서 눈을 떼지 않았다. 신옥경의 손이 멎었을 때 그녀는 거친 숨을 몰아쉬고 있었다. 신옥경은 아랫입술을 꾹 깨물었다. 그러고는 천천히 무릎을 꿇었다.

"이걸로, 내 아들은 죽음으로, 죄를 갚은 겁니다."

옆에 서 있던 송인만이 자신의 아내를 따라 미령의 앞에서 고개를 숙였다.

미령의 차가 해송빌리지의 주차장을 벗어나고 있었다. 다시는 오고 싶지 않은 곳을 떠나는 사람처럼 제법 빠른 속도로 움직였다.

채은호는 건물 옆 화단에서 내려서며 미령의 차가 떠난 입구를 바라보았다.

채은호가 송군호의 부모를 만나기 위해 이곳에 왔을 때 그의 시선을 잡은 것은 미령의 차였다. 어쩌면 송군호의 부모를 미령이 먼저 만나러 왔는지도 모른다고 생각했다. 미령이 그 집에 있을 거라고 생각했는데 송군호의 부모는 미령의 존재를 언급하지 않았다. 송군호의 부모나 미령 양쪽 모두 그 방문을 알리고 싶지 않은 듯했다.

이야기를 하는 내내 송군호의 어머니는 저도 모르게 슬쩍슬쩍 안방 쪽으로 시선을 던졌다. 채은호는 확신했다. 미령이 바로 저 안에 있다고.

채은호는 미령과 송군호의 부모가 어떤 대화를 나누었는지가 궁금했다. 그것이 사건 해결의 실마리가 될 수 있다는 막연한 확신이 들었다. 알아낼 수 있는 방법은 없을까, 고민할 때 1층 동 현관의 문 열리는 소리가 들렸다. 송군호의 아버지, 송인만이었다. 간발의 차로 채은호는 다시 건물 외벽 옆으로 몸을 숨겼다. 잘못하면 들킬지 모르는 일이었다. 다행히 송인만은 채은호를 발견하지 못했다. 조금 전 미령이 차를 타고 떠난 자리 바로 옆에 있던 차에 올라탔다. 한참 동안 시동은 걸리지 않았다. 무슨 생각을 하는지 그는 꽤 긴 시간 동안 차를 세운 채로 서 있었다. 차에서 뭔가를 가져가려 온 것일까. 혹시 그것이 휴대폰은 아닐까. 그런 생각을 하는 동안 차체가 가볍게 진동했다. 송인만이 시동을 건 것이다.

채은호는 빠르게 고개를 돌렸다. 자신의 차가 조금 떨어진 곳에 주차되어 있었다. 송인만의 눈에 띄지 않게 자세를 낮추고 차를 향해 뛰었다. 차의 문을 열었을 때 송인만의 차는 벌써 출발하고 있었다. 다급히 시동을 걸고 뒤를 따랐다.

해송빌리지를 빠져나오자 송인만의 차량은 보이지 않았다. 채은호는 직감에 의존해 오른쪽으로 방향을 꺾었다. 빌라촌을 벗어나 큰 도로로 접어들었을 때 저 멀리 송인만의 차가 보였다. 그의 차와 자신의 차 사이에 석 대의 다른 차를 끼우고 채은호는 속력을 유지하며 따라가기 시작했다.

20분가량 달렸는데도 송인만이 어디로 가는지 감이 오지 않았다. 차가 은파대교에 접어들었을 때에야 송인만의 목적지를 알 수 있었다. 그가 비상 깜빡이를 켜며 오른쪽으로 차를 붙여 세웠다. 가운데 끼웠던 차들이 빠르게 그 옆을 지나갔다. 채은호는 미간을 좁혔다. 여기서 차를 멈춰 세웠다가는 바로 눈에 띌 수밖에 없었다. 무작정 여기서 왜 내렸냐고 물어볼 수도 없었다. 물어본다고 제대로 대답할 리도 없었다.

대신 속력을 줄여 천천히 송인만의 차 옆을 지나갔다.

채은호는 룸미러를 통해 뒤쪽을 응시했다. 송인만은 차에서 내려 다리 난간 쪽으로 향했다. 설마 자살을 하려는 건 아니겠지, 생각했으나 기우일 뿐이었다. 그는 주머니에서 뭔가를 꺼냈다. 잠시 동안 그걸 내려다보더니 주저 없이 은파강을 향해 집어 던져버렸다. 송인만이 들고 있던 무언가의 조각들이 크게 포물선을 그리며 강물 속으로 떨어졌다. 채은호는 운전을 하면서도 핸들을 내리쳤다. 룸미러 안에서 송인만이 점점 멀어지고 있었다. 그가 버린 물건이 무엇인지는 애써 짐작하지 않아도 알 수 있었다. 송군호의 두 번째 휴대폰일 터였다.

8

　―송군호가 한 마지막 통화는 사건 당일 낮 집에서 한 걸로 확인돼. 다른 내역은 없고.

　경찰이 입수한 송군호의 휴대폰에서는 이렇다 할 만한 내역이 나오지 않았다. 정작 중요한 것을 담고 있는 휴대폰은 지금 은파강 바닥에 가라앉아 있을 것이었다. 개통도 되지 않은 휴대폰을 왜 숨겨야 하는지, 거기에 무엇이 있는지 알아내야 했다. 그러려면 평소 송군호가 어떻게 생활하고 있는지를 짚어가야만 한다.

　"사건 며칠간의 통화 기록을 조회해야 할 것 같습니다."

　채은호는 낮은 목소리로 말하며 눈앞의 건물을 올려다보았다. 은파중학교. 은파동의 중심부에 위치한 학교로 은파고등학교와 담 하나를 경계로 붙어 있다. 잠겨 있는 철제 정문 사이로

운동장이 보였다. 운동장에는 사람 한 명 보이지 않았다. 적막함이 학교를 감싸 안고 있었다.

"최석태 씨는요?"

—아직 아무 말도 안 해.

예상한 대로라 한숨도 나오지 않았다. 채은호는 알겠다고 대답을 하고는 전화를 끊었다. 최석태의 심문을 담당한 강준식 팀장이 '계속 이러면 불리할 수 있다'고 협박성의 유도를 했지만 그는 꿈쩍도 하지 않았다. 처벌의 유불리는 그에게 중요하지 않은 것 같았다. 말하는 것은 단 하나, "내가 죽였다"뿐이었다.

채은호는 정문 옆에 달린 버튼을 길게 눌렀다. 기계음이 울리자 덜컹하는 소리가 들려왔다. 정문 안쪽 구석에 설치되어 있던 경비실 문이 열리는 소리였다. 경비실은 조립식 건물이었다. 폴로셔츠에 상아색 면바지를 깔끔하게 차려입은 경비원이 모자를 고쳐 쓰며 나와 정문 사이로 채은호를 보았다.

"무슨 일이십니까?"

채은호가 안주머니에서 형사 신분증을 꺼내 내밀어 보였다.

"경찰입니다. 3학년 2반 담임 선생님을 만나 뵈러 왔는데요."

죽은 송군호의 반이었다. 뭔가 들은 얘기가 있는지 경비원의 얼굴에 잠깐 긴장하는 기색이 스쳤다. 그는 잠시만 기다리라고 말한 뒤 무선 인터폰을 들고 어딘가에 통화를 시도했다. 수화기에 대고 몇 마디를 하더니 그를 향해 몸을 돌렸다.

"교무실은 본관 1층 중앙에 있습니다. 3학년 2반 담임 선생님은 신지영 선생님이신데 마침 수업에 안 들어가셔서 교무실에 계시다고 하네요."

그는 정문을 열어주었다. 채은호가 몸을 안으로 들이며 고개를 숙였다.

"감사합니다."

정문에서 학교 본관까지 가는 길은 운동장 둘레를 따라 조성되어 있었다. 길의 양옆으로 플라타너스가 그늘을 만들고 있었다. 채은호가 다녔던 고등학교의 풍경도 그리 다르지 않았다. 오랜 세월 비슷한 풍경의 공간에서 상상도 할 수 없는 많은 사건이 벌어지고 있었다.

채은호는 곧장 본관 안으로 들어갔다. 본관 내부는 신발을 신고 들어갈 수 있는 곳이었다. 다행이라고 생각했다. 이틀째 집에 들어가지 못해 제대로 씻지도 못하고 양말도 갈아 신을 수 없었다.

교무실 문을 열고 들어가자 안에서 업무를 보고 있던 네다섯 명의 사람이 일제히 그를 돌아보았다. 잠시 서 있자니 한 여자가 조금 떨어진 곳에 위치한 책상에서 일어섰다. 깔끔하게 머리를 올려 묶어 단정한 인상을 주었다.

"신지영 선생님?"

채은호가 먼저 물었다.

"네."

신지영이 조금은 긴장된 얼굴로 살짝 고개를 숙였다. 다른 선생님들이 흘끔흘끔 채은호를 보았다.

신지영의 안내로 두 사람은 면담실로 자리를 옮겼다.

"커피 괜찮으시죠?"

"감사합니다."

신지영이 내미는 커피 잔을 양손으로 감싸 들고 채은호는 한 모금을 마셨다. 깊은 원두 향 때문인지 몸의 긴장이 풀어지는 듯해 채은호는 허리를 곧추세웠다.

"그런데 무슨 일로?"

신지영은 불편한 마음을 감추지 못했다. 채은호는 가슴 안쪽에서 수첩을 꺼내며 부드럽게 웃었다.

"송군호 군에 대해서 몇 가지 좀 여쭤보려고 왔습니다."

"범인이 잡힌 게 아닌가요? 현장에서 잡혔다고 들었는데."

엄밀히 말하면 현장에서 잡힌 건 아니었다. 그가 잡힌 현장은 민혜리 살인 미수 사건이다. 송군호의 사건에서 최석태는 아직 용의자 신분이었다.

"범인을 잡는 것도 중요하지만 왜 이런 일이 발생했는지 밝히는 것도 저희 일 중 하나니까요."

"아."

신지영이 고개를 끄덕거렸다.

"송군호는 평소에 어떤 학생이었나요?"

대답은 바로 이어지지 않았다. 신지영은 시선을 테이블 위에 던진 채 잠시 눈을 깜박였다.

"학교생활에 그리 열정적인 학생은 아니었습니다."

망자에 대한 예의를 최대한 갖추기 위해 애써 에둘러 말하는 것이 느껴졌다. 좋은 학생이라고 생각하지는 않지만 '죽임을 당할 만했다'라고 말하기는 누구라도 힘든 것이다. 당연히 자식을 잃은 학부형의 항의까지 생각한 대답일 터였다.

"친한 친구들이 있었나요?"

"같은 반에는 없었지만 자주 함께 다니는 친구들이 있는 것 같았습니다."

학교 폭력 사태로 친한 친구라고 할 만한 아이들이 전학 간 사실은 이미 알고 있었다.

"혹시 누군지 알 수 있을까요."

신지영은 고민하는 듯 오른손을 턱 가까이에 가져다 대었다.

"한둘 정도는 몰라도 대부분은 다른 학교 학생들이에요. 이 학교에서 전학을 간 아이들이죠."

"사실 송군호 학생이 그다지 바른 학생이 아닌 건 알고 왔습니다. 여기서 선생님께서 하신 이야기가 새어 나갈 일은 없으니 아는 선에서 솔직히 말씀해주셨으면 좋겠습니다."

그녀의 입을 열어야 했다. 채은호의 말을 들은 신지영의 얼굴

위로 잠깐 곤혹스러운 빛이 스쳤다. 그녀는 곧 포기한 듯 짧은 한숨을 내쉬었다.

"문제아, 라고 하죠? 그 녀석이 딱 그랬습니다. 학교에는 가끔 한번 얼굴을 들이밀고, 수업 시간에 제대로 자리하고 있는 적도 없었죠. 조용히 잠이나 자면 그걸로 다행인 녀석이었습니다. 혹시 군호의 집에도 다녀오셨나요?"

"말씀하시죠"

채은호는 확답을 피했다. 송군호의 부모님까지 생각하면 교사 입장에서는 솔직하지 않은 대답이 나올 수도 있다. 다른 사람의 존재를 신경 쓰지 않은 대답을 바랐다.

"그 부모님도 대단하신 분이죠. 군호가 학교에 나오지 않으면 보통 전화를 드리는데 그때마다 그걸 가지고 전화를 했느냐는 듯 말씀하시거든요. 학교의 일은 학교에서 해결하라는 식으로요. 그럴 때면 부모님도 이제는 포기했구나 하는 생각이 들 정도였어요."

채은호는 그녀와 시선을 맞추면서 고개를 끄덕거렸다.

"그렇군요. 아까 하신 말씀에서 송군호 군과 같이 다니는 학생들 중 한둘은 이 학교 학생이라고 하셨는데 누군지 알 수 있습니까? 학교에 나왔나요?"

신지영은 잠시 고민하는 표정을 지었다. 학생을 형사와 바로 만나게 해줘도 되는지를 고민하는 것 같았다. 학부모에게 항의를 받을 수도 있고, 학교 내에서 문제가 될 수도 있는 일이기는 했다. 형사에게 불려 갔다는 얘기만으로도 학생들 사이에서 이상한 소문이 퍼질 수 있었다.

"죄송합니다만, 이 일은 저 혼자 결정할 수 있는 문제는 아니어서요. 잠시만 기다려주시겠어요?"

"그럼요."

부드럽게 미소를 지어 보였다. 신지영도 애써 미소를 보이고는 상담실에서 나갔다. 그녀가 다시 돌아오는 데는 30분 정도 걸렸다. 두 명의 남학생과 함께였다.

"군호가 피해잔데 왜 군호에 대해서 조사를 하는 거예요?"

들어온 두 녀석 중 하나가 자리에 삐딱하게 앉자마자 물었다. 등받이에 잔뜩 기대어 반쯤 누운 자세였다. 다른 녀석도 별반 다르지 않았다. 면담실이 익숙한 아이들이었다. 한눈에 봐도 바른 생활을 하는 아이들 같아 보이지는 않았다. 한 녀석은 바가지 머리였고, 한 녀석은 삐뚤빼뚤 자른 앞머리를 헤어 젤을 발라 옆으로 넘겼다. 교복 바지는 엉덩이가 펑퍼짐한 반면에 발목은 조일 만큼 줄인 형태였다. 학교에서 허가했을 리가 없는 용모였다.

"누가 범인인지도 중요하지만 그런 일이 왜 벌어졌는지도 중요하니까."

"군호가 죽을 짓을 했다 이거예요?"

피식 웃으며 바가지 머리 쪽이 물어왔다. 채은호는 여유롭게 웃었다.

"그렇게 말한 적은 없어. 왜 그렇게 생각하지?"

바가지 머리는 입을 비쭉이기만 할 뿐 별다른 대답을 하지 않았다. 채은호는 두 녀석을 살폈다. 여유로운 척하고 있지만 형사와 처음 만나본 모양인지라 긴장하는 티가 역력했다. 적어도 거짓말을 할 것 같지는 않아 보였다.

"송군호 학생은 평소 어땠니?"

"어떤 의미에서요?"

헤어 젤로 머리를 넘긴 녀석이 말했다.

"그냥 평소 니들 생각을 말해주면 좋겠는데? 친구들과의 관계가 좋았다거나 의리가 있는 애라든가."

채은호가 그렇게 말하자 두 녀석이 피식 웃음을 터트렸다. 자신들도 모르게 반사적으로 나온 웃음이었다. 웃음 속에 비아냥거림이 섞여 있었다. 채은호와 눈이 마주치자 얼른 입을 다물었다. 그는 아이들을 가만히 들여다보다가 편하게 말해달라고 재차 요청했다.

눈치를 보더니 헤어 젤이 먼저 말했다.

"의리니 뭐니 하는 게 어디 있어요. 그냥 같이 놀러 다니는 거죠. 걔가 친구는 많았어요. 돈이 많았으니까."

"돈이 많았다?"

채은호는 고개를 갸웃했다.

"애들한테 돈 엄청 뿌렸어요. 게임방비도 걔가 매일 다 냈고요. 우리끼리 방 잡아서……."

신이 나서 말하던 헤어 젤이 아차 싶은 듯 입을 다물었다. 옆에 앉았던 바가지 머리가 헤어 젤의 옆구리를 팔꿈치로 찔렀기 때문이다. 학생들끼리 방을 잡아 건전한 일들을 했으리란 생각을 누가 하겠는가. 두 사람의 행동을 지그시 살펴보던 채은호가 말했다.

"편하게 말해도 괜찮아. 지금은 어떤 말을 해도 학교에 얘기하거나 문제 삼지 않을 거야. 현재 중요한 건 평소 송군호 학생이 어떤 생활을 하고 있었느냐이니까. 약속한다."

아이들은 서로 눈치를 보다가 고개를 끄덕하는 것으로 신호를 보냈다. 헤어 젤이 이야기를 계속했다.

"우리끼리 방 잡아서 술 마시고 할 때도 걔가 돈을 다 썼어요. 그러다 보니 어느샌가 군호 중심으로 팸이 결성된 거구요. 그전까지는 군호가 그 정도는 아니었거든요. 애들 전학 사건 터지고 나서부터였나, 군호가 돈을 막 쓰니까 애들도 군호 말은 잘들었어요. 군호는 지가 왕이라도 되는 것처럼 굴었어요. 왕 맞죠 뭐. 돈 많으면 왕이잖아요. 그죠?"

채은호는 대답하지 않았다. 대충 아이들 관계가 어떻게 형성되어 있는지는 알 것 같았다. 하지만 이상하다는 생각이 들었다. 아이들의 말에 따르면 군호가 쓰는 돈은 적지 않아 보였다. 학생이 용돈으로 해결할 수 있는 범위가 아니었다. 송군호의 집은 넉넉한 형편인 듯 보였지만 하루가 멀다 하고 문제를 일으키는 아들의 주머니를 매일같이 채워줄 부모로는 보이지 않았다.

그럼 송군호는 돈이 어디서 났을까?

"혹시 군호가 아르바이트 같은 걸 했니? 어떤 거라도 말이야."

아이들이 피식거리며 웃었다.

"걔가 일을 해요? 농담 마요."

"그럼 혹시 다른 아이들 돈을 빼앗는다든가."

이번에도 아이들은 웃으며 고개를 저었다.

"아까 왕이라고 했잖아요, 왕. 왕이 삥 뜯는 거 봤어요?"

두 사람은 자기들끼리 낄낄거리며 웃었다. 아르바이트를 하지도 않고, 다른 사람들에게 뺏는 것도 아니다. 부모가 주는 것도 아닐 터다. 그렇다면 돈이 어디서 났던 걸까.

잠깐의 여유를 둔 다음 채은호가 다시 물었다.

"혹시 민혜리라고 알고 있니? 이 학교에 다니는 애는 아니야."

"민혜리?"

헤어 젤이 고개를 갸웃하며 말했다. 바가지 머리가 헤어 젤을 보며 눈썹을 찡긋거렸다. 두 녀석 사이에 묘한 눈빛이 오갔다. 잠시 후 헤어 젤이 누군지를 알았다는 듯 미간을 찌푸리며 입을 벌렸다.

"아는구나, 너희?"

바가지 머리가 대답했다.

"저희랑 친한 앤 아니에요. 학교 그만둔 애죠? 군호가 불러서 가끔 본 적은 있어요."

"군호가 어떤 사이라고 했니?"

"자기가 부르면 언제든 나오는 애라고요."

"그럼 같이 논 적도 있었니?"

"같이 있을 때 부른 적은 있지만 논 건 아니에요."

이번엔 바가지 머리 쪽이 대답했다. 인상을 쓰자 오른쪽 눈썹이 쓱 올라갔다. 불편하거나 불쾌한 말을 할 때면 나오는 표정인 듯했다.

"이상한 애였어요. 나오긴 나와도 말 한마디도 안 하구요. 어딘가 어두워 보이는 게 저희 스타일도 아니었어요. 이런 말은 좀 그렇지만요 솔직히 제대로 씻고나 다니나 싶은 애였어요."

"군호가 그런 애를 왜 자랑스럽게 부르는지도 이해 안 가던데요."

두 녀석이 서로를 보더니 픽 웃었다. 그냥 속 시원히 말하기로 한 모양이었다.

"자랑스럽게?"

"뭐 그런 거 있잖아요. 내 말 한마디면 다 하는 애 있어, 그런 거요."

"맞아요. 내 인형 같은 애야, 라고 말한 적도 있어요. 난 그런 지저분한 인형은 싫던데."

그렇게 말한 바가지 머리가 낄낄거리며 웃었다. 채은호는 웃지 않았다. 녀석들의 웃음도 잦아들었다. 둘 다 민망한 듯 입을 비쭉 내밀었다.

"둘이 사귀는 사이는 아니었니?"

"그럴 리가요."

두 녀석이 동시에 말했다.

"인형이라니까요, 인형."

새롬여중은 은파중학교에서 차로 20분 거리에 위치하고 있었다. 민혜리가 중학교 1학년, 처벌을 받을 때 함께 있었던 서은비를 만나기 위함이었다. 서은비의 이름은 사건 당시 지구대 출동 자료에서 확인했다. 서은비 역시 폭력에 가담하지는 않았지만, 이후 이사 문제로 새롬여중에 전학을 간 것으로 되어 있었다. 불량 청소년들과 딸과의 고리를 끊고 싶은 부모님이 이사를 감행했다는 이야기를 교무실에서 들었다.

미리 전화를 해놓은 덕분에 교무실로 들어가 이름을 대자 곧장 서은비를 면담실로 불러와주었다. 서은비는 놀랄 만큼 짧은 교복을 입고 있었다. 치마는 교복이라고 믿기 어려울 정도로 몸에 붙었고, 상의 재킷은 살짝만 숙여도 허리가 드러날 정도로

줄여 입었다. 머리가 길어서 사복을 입는다면 분명 고등학생 이상으로 보이리라는 생각이 들었다.

"안녕하세요."

의외로 차분한 목소리였다. 미소로 서은비의 인사를 받은 채 은호는 맞은편 자리를 가리키며 앉기를 권했다.

"저기, 무슨 일로……."

서은비는 긴장한 기색을 감추지 않았다. 아직 어린 나이니 긴장하는 것이 당연했다. 조금 전 만나고 온 남학생들과는 사뭇 달랐다. 겉으로는 소위 노는 아이 느낌이 나긴 했지만 몇 마디 말로 인상이 달라졌다. 학교 폭력으로 처분받은 사건도 있고 하여 선입견이 생겼다는 것을 깨달았다.

"너무 긴장할 것 없어. 몇 가지만 물어보려고 하니까."

"네."

"송군호라고 알고 있지?"

"네."

대답은 주저 없었다. 아마 서은비도 형사가 찾아온 이유가 송군호 사건 때문임을 알고 있었을 것이다. 그러나 얼굴에 의아함은 남아 있다. 궁금할 것이다. 사건의 진범이 잡혔다고 들었는데 왜 자신을 찾아왔는지. 자세한 이야기를 해줄 수는 없었다.

"이번 사건 때 같이 있었던 민혜리 양에 관해서 물어보려고. 예전에 잘 알고 지낸 사이지?"

"친구였어요."

친구였다, 라는 말을 채은호는 속으로 한번 곱씹었다. 자연스럽게 과거형으로 나온 말에 비춰보면 근래에는 만나지 않았다는 뜻이었다. 언젠가부터 집 밖에 나가지 않아 결국 학교를 그만뒀다고 하는 미령의 말은 아마도 사실일 것이다. 하지만 친구도 만나지 않을 정도의 민혜리가 어째서 송군호만은 만났을까? 정말로 둘이 좋은 감정을 가지고 있었다는 뜻일까. 채은호는 왠지 그런 가설에서 괴리감을 느꼈다. 그 괴리감의 존재를 확인하고 싶은 것이다.

"왜 혜리와 만나지 않게 되었는지 물어봐도 돼?"

채은호가 묻자 서은비의 입술이 살짝 앞으로 나왔다. 서은비는 눈을 내리깔고 잠시 생각에 잠겼다. 다시 눈을 크게 떴을 때 서은비는 고개를 저었다.

"사실은 저도 잘 몰라요. 연락도 안 받고, 메시지 보내도 씹기 일쑤였고요. 어쩌다 연락돼도 안 나온다는 말만 하고는 끊어버렸어요."

"이유도 없이 갑자기?"

음, 하는 소리를 내며 서은비가 잠시 뜸을 들이다 말했다.

"어느 날 학교에 안 나왔어요. 그 전에도 안 나오는 일은 있었지만 왜 안 나오냐고 물으면 대답을 안 한 적은 없었어요. 선생님한테는 연락이 왔었던 것 같아요. 혜리 빈자리를 보고도 아무 말 없었으니까."

채은호는 그녀의 말이 계속되기를 기다렸다. 서은비는 주변을 둘러보더니 잠시만요, 하고는 일어났다. 그러고는 정수기에서 물을 받아 마셨다. 긴장이 어느 정도 풀린 기색이었다. 서은비가 다시 제자리로 돌아왔다.

"그러고 나서 며칠 있다가 나왔는데 애가 말이 없어진 거예요. 아프냐고 물으니까 아니라고는 하는데 안색은 안 좋았던 것 같아요. 그때부터는 놀자고 해도 시큰둥했어요."

"노는 거에 흥미를 잃어버린 것 같은 느낌?"

"아뇨. 뭐랄까. 그냥 멍해져 있는 것 같았어요. 부르면 깜짝 놀랄 정도로 깊이 생각에 빠져 있기도 했고요. 사춘기였나 보죠."

서은비는 제 말에 해쭉 웃었다. 채은호는 고개만 갸웃했을 뿐 대답은 하지 않았다.

"그때가 언제쯤이지?"

"중1 때였는데……. 잘 기억은 안 나요. 꼭 알아야 해요?"

시기는 중요했다. 그러나 채은호는 웃으며 고개를 저었다. 민혜리가 며칠씩 등교를 하지 않았다고 했으니 확인해보면 될 것이었다. 수첩에 '민혜리가 등교를 하지 않은 날'이라고 적어 넣었다.

"송군호 학생 말인데 혜리랑 친했니?"

"음, 친하다고 말해도 되는 걸까요?"

어색하게 서은비가 웃었다.

"걘 좀 우상 같은 존재랄까요. 잘 놀고, 잘생겼잖아요. 싸움 나도 직접 나서지는 않는 게 오히려 좀 더 멋있었달까. 그래서 여자애들 사이에서는 인기 있었어요. 약속 없어도 그냥 걔가 자주 노는 게임방 같은 데 가서 끼어 놀고 그랬어요. 혜리도 그중 하나였는데……. 둘이 따로 연락하고 그런 건 몰랐어요."

이번 사건을 두고 하는 말이었다. 서은비는 송군호와 혜리가 개인적으로 만나는 사이라는 것을 전혀 짐작하지 못했던 듯했다. 서은비의 표정에서 묘한 질투심 같은 것이 느껴졌다.

전학을 간 이후 서은비는 더 이상 민혜리에 대해서 아는 것이 없었다. 채은호는 서은비를 교실로 돌려보냈다. 그길로 다시 은파중학교로 가 민혜리의 출석 기록을 확인했다. 서은비의 말대로 민혜리는 처음엔 일주일가량, 그 뒤로는 삼사일을 연달아 자주 결석했다. 그 첫 기록은 2018년 4월 15일이었다.

9

미령은 어묵을 볶았다. 아침 일찍 슈퍼마켓에 들러 간단히 장을 봐 왔다. 슈퍼는 크지 않았고 동네에 한 군데밖에 없었지만 주인은 미령을 알아보지 못했다. 그만큼 미령이 슈퍼에 가는 일도, 장을 보는 일도 거의 없었다.

집으로 돌아온 미령은 양파와 어묵을 썰고 나서 곤란에 빠졌다. 어떻게 양념해 볶아야 하는지 기억이 나지 않았다. 혜리가 일곱 살, 유치원에 다닐 때 소풍 때문에 어묵을 볶아본 것이 마지막이었다. 혜리가 김밥을 좋아하지 않아 대신 반찬을 만들어 도시락을 싸 보냈다. 그 이후로는 반찬을 할 일이 없었다. 학교에서는 급식을 했고, 집에서는 주기적으로 배달 오는 반찬과 국으로 생활했기 때문이다.

요리를 좋아하는 건 아니었지만 오늘 아침 눈을 떴을 때 처음으로 미령은 혜리를 위해 음식을 해야겠다고 생각했다. 혜리는 엄마의 손맛이 무엇인지 모를 터였다. 아이가 저렇게 방에만 틀어박혀 나오지 않는 건 자신이 너무 무심해서라는 생각도 들었다. 이제 혜리는 더 이상 방에만 있어선 안 되었다. 모든 고통을 딛고 문밖으로 나와야 했다.

그동안 아이를 키우면서 힘든 일이 많았다. 현직 형사 중 여성이면서 아이를 키우고 있는 사람은 거의 없었다. 가정생활과 형사 생활을 양립한다는 것은 불가능에 가깝기 때문이다. 남자 형사들은 그렇지 않은데 어째서 여자 형사들의 가정생활은 쉽사리 무너질까. 그래서 미령은 더욱 혜리를 자립적으로 키우고 싶었다. 힘든 상황에서도 꿈을 포기하지 않는 엄마의 모습을 보여줘야 한다고 생각했다. 그렇게 우리는 현실로 돌아와야 한다, 고 생각했다.

스마트폰으로 어묵 반찬 만드는 법을 검색했다. 다양한 레시피가 나와 있었지만 집에 있는 재료만으로 할 수 있는 것을 찾았다. 간장과 고춧가루, 설탕을 적절하게 넣고 볶으면 되는 간단한 레시피였다. 미령은 가스레인지에 불을 켜고 프라이팬을 올린 뒤 재료를 넣었다. 잠시 후 지글거리는 소리가 들리자 나무 주걱으로 볶기 시작했다. 소리가 커지면서 나름 맛있는 향이 집 안을 채우기 시작했다.

이 냄새는 혜리의 방으로도 들어갈 것이다. 혜리를 현실로 불러내는 냄새이기를 바랐다. 그때까지만 해도 미령은 오늘 혜리와 많은 이야기를 해볼 것이고, 혜리를 위해 하루를 보내겠다고 생각했다. 초인종이 울릴 때까지만 해도.

갑자기 울린 초인종 소리에 미령은 반사적으로 벽시계를 올려다보았다. 오전 9시 32분이었다. 아침을 먹기에 이른 시간은 아니었지만 다른 이의 집에 들르기에는 일렀다. 누굴까? 미령의 가슴에 어렴풋한 불안감이 일렁였다. 미령은 가스레인지의 불을 끄고 현관 쪽으로 나갔다. 인터폰 화면 앞에서 그녀의 발이 멈췄다.

또다시 채은호였다.

무슨 일일까? 미령은 뒤돌아 혜리의 방을 보았다. 혜리는 일어났을까? 아직 아무런 기척을 보이지 않았다. 만약 채은호가 혜리를 다시 만나봐야겠다고 하면 어떻게 해야 할까? 미령은 답을 찾지 못한 채로 현관문을 열었다. 너무 늦게 열면 더욱 의심을 살 것 같았다.

"선배."

"무슨 일이야?"

문을 열자마자 미령이 물었다. 채은호가 그녀를 물끄러미 바라보았다. 미령은 아차, 하는 듯한 얼굴이 되어 살짝 몸을 틀었다.

"미안. 갑자기 와서 놀랐어. 들어와."

"연락도 없이 찾아와서 죄송해요."

채은호는 문 안쪽으로 들어와 집 안을 이리저리 훑어보았다.

"요리하고 계셨나 봐요. 맛있는 냄새가 나요."

"어, 뭐 요리랄 것도 없어."

미령은 채은호를 따라 거실로 올라섰다. 채은호가 거실에 있는 소파에 앉아주기를 내심 바랐다. 하지만 채은호는 신발장 앞에 선 채로 주방 옆으로 난 혜리의 방을 보았다.

"혜리는 아직도?"

미령이 어색하게 웃었다.

"그렇지 뭐. 어떻게든 나오게 하려고는 하는데."

"그래야죠."

채은호가 대답하며 주방 안을 보았다. 가스레인지 불은 꺼졌지만 아직 열기가 남아 있는 프라이팬에서 김이 피어오르고 있었다. 그의 시선이 칼에 닿는 것 같아 미령은 잠시 숨을 멈췄다. 관심을 다른 데로 돌리고 싶었고, 무슨 일로 왔느냐고 다시 한번 묻고 싶은 충동도 들었다. 하지만 최대한 여유로운 척해야 했다. 채은호의 방문 이유를 계속 확인하려는 것보다는, 후배의 고마운 걱정으로 이해하는 모습을 보여야 한다.

채은호가 천천히 주방 쪽으로 걸음을 옮겼다. 미령이 그 뒤를 따랐다. 채은호는 가스레인지 앞까지 가 프라이팬 안을 들여다보았다. 아직 양념이 제대로 스미지 않은 어묵이 열기 위

에서 지글거리고 있었다. 채은호가 몸을 돌렸다. 뒤따라 들어
가던 미령이 멈칫하고는 그의 시선을 가만히 보았다. 채은호가
칼을 보고 있었다.

한참 그렇게 있던 채은호가 한 손으로 칼자루 하나를 들었다.
나무 보관함에 들어 있던 칼이 날카로운 모습을 드러냈다. 미령
은 자신도 모르게 침을 삼켰다. 채은호가 새 칼이라는 것을 알
아차릴지도 모른다. 칼에는 사용 흔적이 전혀 없었다. 채은호가
그런 점을 지적하면 원래부터 그런 칼이었다고 우길 생각이었
다. 자신은 누가 생각해도 주방 일에 소홀한 사람이었고, 칼을
쓸 일이 많지 않은 사람이었으니까. 원래 집에 남아 있던 칼들
은 버렸다. 이 집에 있는 칼과 범행에 사용된 칼이 같은 브랜드
라는 사실만으로는 분명 무엇도 밝혀내지 못할 터였다.

"칼, 새로 사셨네요."

미령은 더듬지 않기 위해 애쓰며 말했다.

"무슨 칼? 지금 내가 쓰고 있는 거 말이야? 집에 원래 있던
건데?"

무슨 소리인지 모르겠다는 듯 미령이 말했다. 채은호가 뒤를
돌아보았다. 미령이 의식적으로 고개를 갸우뚱거렸다. 채은호
의 시선을 피하지 않기 위해 애써야 했다. 자기도 모르게 목소
리가 조금 높게 나왔지만, 자연스럽게 말하려고 애썼다.

"아, 칼이 전부 다 새거라서? 내가 살림을 할 시간이 없으니

그럴 수밖에."

미령은 채은호가 지난번에 볼 때는 칼이 한 자루 없었다고 할 경우에 대비해 몇 번이고 생각해둔 말을 속으로 되뇌었다. 칼을 어디 잠깐 두었을 때 네가 본 거 아닐까?

"지난번엔……."

채은호의 입술이 열렸다. 그렇게 몇 번이고 생각해두었건만 심장이 쿵 하는 소리를 냈다. 그 소리가 밖으로 새어 나오지 않는 게 다행이라면 다행이었다.

"지난번엔 이 칼만 같은 브랜드가 아니었어요."

"뭐?"

미령이 눈을 동그랗게 떴다. 채은호가 이것 보라는 듯 보관함에서 칼 하나를 뺐다. 과도였다. 형광등 불빛 아래에서 과도의 칼날이 번뜩이며 미령의 시선을 빼앗았다.

"과도 같은 경우야 많이 쓰니까 다른 데서 잊어버리시고 새로 사서 꽂아놓으신 건 줄 알았어요. 그런데 그 과도가 아니네요."

미령은 당황했다.

"무슨 소리야. 네가 착각하는 거 아냐?"

"아뇨. 확실한데요. 사실 제가 혼자 살면서 주방 용품에 관심이 많이 생겼거든요. 특히나 요리에 재미 붙이면서 칼에 관심을 많이 가졌죠. 형사 생활에도 도움 될 것도 같구요. 그래서 자루만 보고도 알아요. 어느 회사의 어느 제품인지."

채은호는 똑바로 미령을 응시했다. 그 곧은 시선 앞에서 미령은 처절하게 분해되는 것만 같았다. 미령의 머릿속이 온통 흐트러졌다. 많은 생각이 뒤섞였다. 그중에서 미령을 더욱 흔들리게 하는 것은 몇 년 전의 일이었다. 아직 혜리가 어렸던 때, 상주 가사 도우미를 들인 적이 있었다. 가끔 집에 오면 미령이 손님이라도 된 듯 과일을 깎아 내오던 그녀. 혹시 그때 과도를 바꾸기라도 한 걸까.

어쨌거나 침묵을 지키고 있으면 안 된다.

"무슨 말인지 잘 모르겠는데. 난 잘 모르겠지만……. 애가 저런데 집에서 물건이나 바꾸고 그럴 시간이 어디 있어."

입술 끝이 저도 모르게 파르르 떨렸다.

범행에 사용된 칼이 집에서 나온 것을 들키지 않으려면 가능한 일이죠.

그런 말이 채은호의 입술에서 나올 것만 같았다. 하지만 채은호는 고개를 갸웃거릴 뿐이었다.

"아닌데. 확실한데."

미령은 풋 웃음을 뱉었다. 그 웃음이 작위적이지는 않은지 걱정되었지만 내색하지 않았다.

"그건 내가 더 잘 알지. 그거 확인하려고 왔어?"

미령이 묻자 채은호는 그제야 보관함에서 눈을 떼었다. 미령을 보며 그는 웃었다.

"아뇨. 혜리 상태가 어떤지 해서요. 지난번엔 아무 말도 못 듣고 가서."

빳빳이 일어서던 신경 줄이 느슨해졌다. 미령은 안도의 한숨 대신 눈을 잠깐 감았다가 떴다. 그녀는 혜리의 방 쪽을 보며 말했다.

"지난번이랑 똑같아. 나랑도 말하지 않으려 하고. 솔직히 들어가보라고 말하기가 어렵다. 지난번에도 그러고 간 뒤로 아이가 발작이 있었어. 꼭 만나야 해?"

"혜리와 숨진 송군호가 어떻게 해서 만났는지가 궁금해서요. 다른 친구들은 만나지 않던 혜리가 어떻게 송군호만은 만났는지 말이에요. 친구들도 몰랐다고 하는 걸 보면 예전부터 사귀던 사이는 아닌 것 같은데요."

이미 혜리의 학교까지 다녀온 모양이었다. 정신을 차려야 한다는 경고가 머릿속에서 울렸다.

미령은 채은호에게 들리도록 깊은 한숨을 내쉬었다.

"솔직히 말할게. 네가 지금 해야 할 일은 현장에서 체포된 아버지를 조사하는 일 아냐? 사건 때문에 충격받은 혜리를 만나서 자극시키는 일이 아니라."

채은호가 그녀를 물끄러미 보았다. 반기를 드는 기색은 아니었다.

"지금 이러고 다니는 거 팀장님도 아셔?"

"아뇨. 제 생각으로 나온 겁니다. 팀장님께 보고드리기는 하겠지만."

"솔직히 좀 불쾌한데? 마치 우리가 피의자라도 된 양 굴잖아."

그 말을 끝낸 미령은 어쩌면 피의자, 라는 말은 쓰지 말았어야 했는지도 모른다고 생각했다.

"선배님 아버님이 현장에서 체포되긴 했지만 송군호를 죽이던 현장은 아니었어요."

미령의 가슴이 다시 한번 덜컹거리는 소리를 냈다. 현장에서 도망친 혜리, 죽은 송군호, 혜리를 뒤따라와서 죽이려던 아버지. 그것만으로 송군호를 죽인 범인도 아버지다, 라고 경찰 역시 파악하고 있을 줄 알았다. 아니, 분명 그녀가 몸담아온 조직은 그랬다. 하루에도 수십 건씩 터지는 강력 사건은 그 정도 선에서 마무리 지을 수밖에 없게 만들었다. 게다가 아버지는 자백을 했다.

"그게 무슨 뜻이야?"

미령은 가까스로 입을 열었다. 설마 우리 혜리가 사람을 죽이기라도 했다는 거야? 라는 말이 튀어나올 뻔했지만 애써 억눌렀다.

"아무 뜻도 없어요. 모든 정황을 다 확인해놓지 않으면 안 된다고 생각하는 것뿐이죠."

135

그렇게 말한 채은호가 시선을 다시 혜리의 방 쪽으로 보냈다.

"그렇다고 무리하게 조사할 생각은 아니었어요. 기분 나쁘셨다면 죄송해요."

"지금은 조금 예민해서. 상황이 그렇잖아."

"제 방식이 이상했습니다. 죄송해요, 선배."

채은호가 다시 한번 사과를 해서 미령은 마음이 놓였다. 채은호는 혜리와는 오늘 만나지 않겠다고 했다. 대신 언제든 혜리가 사건과 송군호에 관해 말할 수 있는 상태가 되면 연락을 달라고 했다. 미령은 그렇게 하겠다고 대답했지만 그럴 일은 절대 없을 거라고 생각했다.

복귀할 때를 기다리겠다고 채은호가 인사치레를 하고 나간 뒤, 미령은 거실 한복판에 서서 자신의 양팔을 문질렀다. 몸이 떨렸다. 추운 것도 같았다. 긴장감이 떠나질 않았고 어깨에 한기가 들었다. 이미 주방의 프라이팬에서는 어묵이 식어가고 있을 터였다.

미령은 퍼뜩 고개를 들었다. 재빨리 베란다로 나가 밖을 보았다. 막 채은호의 차가 아파트 단지를 벗어나고 있었다. 그녀의 시야에서 차가 완전히 사라진 후 미령은 안방으로 들어가 두꺼운 카디건을 걸쳤다. 곧장 밖으로 나갔다.

기존의 칼 보관함을 버린 것은 오늘 새벽이었다. 아파트 단지의 쓰레기를 수거하는 차량이 왔다 갔는지는 알 수 없었다.

미령의 쓰레기봉투를 거두어 갔으면 다행이지만 그렇지 않았다면 어떻게든 손에 넣어야 했다. 도로 주방에 가져다 놓을 생각은 아니었다. 채은호는 일을 가르칠 때부터 집요한 데가 있었다. 실적에 목숨을 걸거나 나서는 스타일은 아니었지만 뭔가 일이 잘못되게 흘러간다 싶으면 고집을 꺾지 않는 편이었다. 그런 성향 덕분에 해결된 사건이 서너 건은 되었다. 다른 사람의 설명이 납득되지 않을 때는 직접 파헤쳐 확인했다. 그런 사람이 만약 칼 보관함에 대한 의구심을 풀지 않으면 어떨까? 다시 갑작스레 방문해서 칼 보관함을 찾으려 하지 않을까? 만약 보관함이 채은호 손에 들어가면 당장 지문 조회를 할 게 뻔했다. 그렇게 되면 결국 미령이 보관함을 바꿔치기한 사실도 알아낼 것이었다.

미령은 서둘러 바깥으로 나갔다. 보관함을 찾으면 지문이라도 닦아 멀리 다른 곳에 버릴 생각이었다. 아파트의 쓰레기 수거장은 두 개의 동 사이에 설치되어 있었다. 재활용품을 분리 배출하도록 설치되어 있는 플라스틱 쓰레기통 사이에 철제로 된 커다란 수거함이 종량제 봉투를 버리는 곳이었다. 이미 쓰레기봉투가 네 개나 나와 있었다. 미령은 어느 것이 자신이 버린 봉투인지 알아볼 수가 없었다. 재빨리 쓰레기봉투를 열어 안을 뒤졌다. 첫 번째 봉투에는 열자마자 대충 찢어버린 고지서가 있었다. 수신인이 모르는 이름이었다. 다시 봉투를 묶어

놓고 두 번째 봉투의 매듭을 풀 때였다.

"선배."

미령의 손이 우뚝 멈췄다. 천천히 뒤돌아보았다. 채은호가 서 있었다.

채은호는 미령의 손을 흘끗 보며 말했다.

"뭐 찾으시나 봐요."

피가 온몸에서 빠져나가는 기분이었다. 채은호의 시선에는 온기가 없었다. 미령은 뭐든 말해야 했다. 입이 제대로 열리지 않았다. 그러는 사이 채은호가 먼저 말했다.

"말하지 못하고 간 것이 있어서요. 혜리 휴대폰, 임의 제출해 주실 수 있을까요?"

그는 웃고 있지 않았다. 미령은 보이지 않는 커다란 손이 자신의 목을 옥죄는 듯한 느낌에 마른침을 삼켰다. 동시에 몇 년 전의 그때가 생각났다. 집에 들였던 상주 가사 도우미는 혼자 남을 혜리를 위해서 주변 추천을 몇 번이고 받아 힘들게 들인 사람이었다. 도우미는 혜리가 사용하다 깨트린 유리잔 하나까지 미령에게 보고할 만큼 꼼꼼하고 정직했다. 아무리 과도 하나였대도 잃어버린 뒤 말없이 채워 넣었을까? 아니, 애초에 집 안에서 과도를 잃어버릴 일이 있을까?

함정에 빠졌다.

미령은 알아차렸다. 채은호는 요리 같은 데에 관심 있는 게 아니었다. 따라서 칼을 알아본 것도 아니었다. 지난번 보관함에 꽂혀 있던 칼들 중에서 하나만 다른 브랜드였다는 말도 거짓일 터였다.

미령은 비로소 확신했다. 채은호는 이미 알고 있다. 칼 문제 뿐 아니라 많은 사실을. 미령이 목숨을 걸고 숨기고자 하는 그 것 역시.

두근거리던 심장이 오히려 차분해졌다. 시선을 낮게 깔던 미령이 천천히 채은호의 눈을 응시했다.

"임의 제출 요청, 거부할게. 영장 받아 와."

문이 열려 있지 않았다면 미령은 혜리의 방문을 부술 생각이었다. 하지만 문은 그녀의 손길에 아무런 저항 없이 어둠의 속살을 열어 보여주었다. 암막 커튼은 여전히 혜리에게 햇빛을 허락하고 있지 않았다. 불을 켰다. 갑자기 찾아온 빛이 난폭하게 어둠을 몰아냈다. 미령은 빠른 걸음으로 혜리의 책상으로 가 서랍장을 열었다. 휴대폰은 거기에 없었다. 옷장을 열었다. 이어 옷장에 달린 서랍장을 열었다. 마구잡이로 개켜진 옷들을 꺼냈다. 거기에도 휴대폰은 없었다. 냄새가 나는 쓰레기통을 그대로 뒤집어버렸다. 안에서 먹다 남은 음식물들과 일회용 접시가 쏟아져 바닥에 뒹굴었다. 쓰레기 속에서 휴대폰이 나왔다. 뭘로 그랬는지 액정이 깨져 있었다. 본체에도 여기저기 금이 가 있었다. 미령은 기가 차 웃었다.

"이 정도는 디지털 포렌식 하면 금방 복구되는 것도 몰라?"

미령은 주머니에 혜리의 휴대폰을 넣었다. 혜리는 이불을 뒤집어쓴 채로 벽에 이마를 대고 있었다. 아무것도 들리지 않는 듯 꼼짝도 하지 않았다. 미령은 한숨을 내쉬며 혜리의 침대 위에 털썩 앉았다. 혜리가 움찔하는 것이 이불 위로도 느껴졌다.

미령이 이불을 잡아당기며 말했다.

"계속 이러고만 있으면 어쩌자는 거야! 이럴 거면 그냥 네 발로 경찰서에 가!"

신경질적으로 이불을 더 잡아당겼다. 머리가 드러나려는 찰나 혜리가 더욱 고집스럽게 이불을 덮어썼다. 갑자기 뜨거운 것이 목구멍을 치받았다. 눈이 뒤집혔다. 자기도 모르게 퍽, 하고 이불 위 아무 곳이나 후려쳤다.

"아무 말도 안 하고 이렇게만 있으면 다야? 지금 엄마 입장이 어떤 줄이나 알아? 내 인생이 무너지는 게 다가 아냐! 니 인생도 무너진다고! 지금 정신 차리고 어떻게든 네 입으로 무죄라고 말하지 않으면 안 된다고!"

이불을 거칠게 움켜잡고 마구 흔들었다. 혜리의 몸이 아무렇게나 흔들렸다. 그럴수록 미령은 화를 주체할 수 없었다. 어떻게든 이불과 혜리를 분리하려는 사람처럼 미친 듯이 흔들어댔다. 미령은 계속 소리를 질렀다. 지금 이게 뭐냐고, 자신도 경찰서에 나갈 수 없게 만들고 너는 뭘 잘했다고 입을 꾹 다물고 있는 거냐고. 말은 머리를 통하지 않고 곧장 속에서 터져 쏟아졌다. 한참 만에 혜리가 이불에서 떨어져 나왔다. 미령은 이불을 바닥에 내팽개쳤다. 이불에 혜리의 머리카락이 까맣게 붙어 있었다.

빛으로 나온 혜리는 몸을 둥글게 말고 머리를 무릎에 박아 넣었다. 빛이 자신을 공격이라도 할 것처럼. 그러고는 날카로운 비명을 질러대었다. 미령은 혜리의 머리채를 잡아챘다. 아이의 턱이 들리는 순간 그녀의 손바닥이 혜리의 뺨을 후려쳤다. 혜리가 침대 위로 너부러졌다.

"그러게 왜 그따위로 살아서 그런 일을 당했어! 왜……."

혜리의 입가에서 주르륵 나오는 피를 보는 순간 미령은 침묵했다. 마지막 말은 하지 말았어야 했다고, 미령은 생각했다.

IO

채은호는 깍지 낀 손 위에 턱을 얹고 가만히 생각에 잠겨 있었다. 그는 자신이 앞으로 해야 할 일을 생각했으며, 지금 놓치고 있는 것들은 무엇인지 생각했다. 그의 머릿속에 가장 많이 들어차 있는 것은 미령이었다. 그는 생각했다. 그녀가 감추고 있는 것에 대해서. 그것들은 하나하나 채은호가 밝혀내야 할 것들이었다. 단번에 중심부까지 갈 수는 없다. 단단하게 둘러쳐진 외피를 하나하나 제거해야 핵심에 도달할 수 있었다.

그는 우선 미령에 대한 생각을 젖혀두기로 했다. 미령은 어차피 그가 도달해야 할 마지막 지점이라는 생각이 들었다. 그가 마음에 걸려 하는 것은 송군호에 관한 것이었다.

아이들의 삶은 사회를 향해 있다. 현재 청소년이라는 법적, 사회적 테두리 안에서 사회로 나갈 준비를 하고 있는 것이다.

아이들의 삶은 작은 사회 그 자체다. 자연스레 강자가 중심을 차지한다.

송군호의 강점은 여타의 비행 청소년이라고 불리는 아이들이 흔히 그러하듯이 싸움 실력 같은 것이 아니었다. 송군호에게는 타고난 권력욕이 있었다. 아이들의 머리 위에 올라앉아 쥐고 흔드는 것을 좋아했던 성향으로 보인다. 그리고 아이들을 결집시키는 힘은 돈이었던 듯하다.

그 돈은 어디서 났을까? 송군호의 죽음과 직접적 상관이 있으리라는 확신은 들지 않았지만 계속 마음에 걸렸다. 채은호는 송인만에게 전화를 걸어 송군호의 평소 생활상에 대해 다시 한번 물었다. 무엇보다 용돈의 규모가 궁금했다. 달라고 하면 주지 않은 적은 없지만, 송군호가 다른 아이들에게까지 펑펑 쓰며 베풀 정도가 아니라는 것을 확인할 수 있었다. 그렇다면 그 돈은 어디서 났을까.

"자, 확인해달라고 한 것."

한참 생각에 빠져 있는데 눈앞에 서류가 불쑥 들이밀어졌다. 고개를 드니 강 팀장이었다.

"팀장한테 심부름시키는 건 너밖에 없을 거다."

"심부름이 아니라 부탁이죠."

채은호가 너스레를 떨며 서류를 받았다. 그것은 송군호의 한 달 치 통화 내역이었다. 서류가 꽤나 두툼했다.

채은호는 혹시 송군호가 약점을 잡아 혜리에게서 돈을 뜯어 낸 것은 아닌가, 생각하고 있었다. 물론 혜리에게 그만한 돈이 있거나, 미령에게 타낼 만한 일인지는 알지 못했으나 가장 유력한 방도라는 생각이 들었다.

"거기서 뭘 찾으려는 건데?"

강 팀장이 물었지만 채은호는 고개를 저었다.

"아직은 확실한 게 없어요. 확실해지려고 확인하는 거죠."

채은호는 서류에 시선을 박았다. 강 팀장은 그런 그의 뒤통수를 물끄러미 보다가 더 묻지 않고 자신의 자리로 돌아갔다. 채은호 성격상 무언가 확실해지기 전까지 어떤 생각을 하는지 말하지 않으리라는 것을 알고 있었다.

강 팀장이 떠난 뒤 채은호는 송군호의 통화 내역을 하나하나 확인했다. 일단 저장된 번호의 수발신 내역은 젖혀두기로 했다. 탐문 조사 결과 송군호에게는 제대로 된 친구는 없는 듯했다. 자기들끼리는 '팸'이라고 이름 붙여 몰려다닌 모양이지만, 단어만큼 끈끈한 결속력이 있지는 않은 듯싶었다. 아이들 대부분은 송군호가 쓰는 돈에 관심이 있었다. 저장되어 있는 번호인 '팸' 아이들은 관심에서 제외했다. 그중 저장되어 있지 않은 번호가 그의 눈길을 끌었다. 자주 전화를 하지는 않았지만 패턴이 보였다. 송군호가 전화를 걸고, 그다음 날 또다시 전화를 건 것이다. 석 달 사이 여섯 번이나 같은 패턴이 보였다.

상대방에게서 전화가 걸려온 적은 없었다. 문자를 주고받은 내역도 없었다.

채은호는 통신사에 범죄수사를 위한 통신사실 확인자료제공 요청을 넣었다. 그러고는 강 팀장의 자리로 갔다. 강 팀장에게 서류를 내밀었다. 강 팀장이 의아한 눈빛으로 그를 보았다.

"송군호가 전화를 걸었던 사람인데, 이상한 패턴을 보입니다."

채은호는 우선 송군호가 그동안 돈을 많이 썼다는 사실을 간단히 설명했다. 강 팀장이 전화번호를 물끄러미 보다가 채은호에게 시선을 던졌다. 그 어느 때보다 날카로운 눈빛이었다.

"무슨 생각을 하는 거야?"

채은호는 대답을 머뭇거렸다. 하지만 언제까지고 혼자만의 비밀로 하고 조용히 조사할 수는 없었다. 현장에서 잡힌 최석태를 두고 계속 사건 종결 보고서를 올리지 않을 수도 없었다.

"저는 송군호를 죽인 것이 민혜리라고 생각합니다."

강 팀장의 눈이 커다래졌다. 그 눈을 몇 번이고 깜박이며 채은호를 보았다. 채은호는 강 팀장의 시선을 피하지 않았다. 강 팀장이 헛웃음을 쳤다. 하지만 채은호의 생각이 말도 안 된다는 뉘앙스가 아니었다. 불길한, 그러면서도 거부할 수 없는 진실을 똑바로 보기 위한 잠깐의 유예였다.

"살해한 것이 민혜리라면 이유가 있겠죠. 그 이유를 찾는 중입니다. 송군호가 돈을 마구 썼다면 민혜리를 협박해서 받아냈을 가능성도 있습니다. 무엇에 대한 협박인지, 확인하려고 합니다."

"그게 뭐라고 생각하지?"

채은호는 대답하지 않았다.

"최 형사는?"

"모든 것을 알고 계시다고 생각할 수는 없지만……. 아무것도 모르시는 것 같지는 않았습니다."

강 팀장은 채은호가 들고 온 번호를 물끄러미 보았다. 이 번호에 담겨진 진실을 찾는 순간 미령이 무너질 것 같다는 예감이 들었다. 적어도 강 팀장이 아는 한 미령은 강한 사람이었다. 결혼을 해서도 현직에 남았으며, 이혼 후 혼자 아이를 키우면서도 절대 형사의 일을 소홀히 하지 않았다. 혜리가 아플 때나, 집에 일이 있을 때 몇 번이고 양해를 구해 출동에서 제외될 수 있었지만 그녀는 단 한 번도 개인사를 앞세워 사정하지 않았다. 미령은 단단했고, 정의로웠다. 그런 미령이 평생 단 한 번도 가지 않은 길을 지금 선택하려 한다는 것은 강 팀장에게도 충격이었다. 이 사실이 드러났을 때 그녀가 어떻게 변할지 두려워졌다. 강 팀장은 휴대폰 번호가 적힌 메모지를 힘주어 쥐었다.

하지만 그 번호는 몇 시간 후 그들에게 아무것도 알려주지 못했다. 대포 폰이었다.

그것은 수사관들에게는 맥 빠지는 일인 반면, 그들의 내면에 있는 무언가를 건드리는 것이기도 했다. 청소년인 송군호가 주기적으로, 그것도 일정한 패턴을 두고 연락한 사람이 대포 폰 소유자라는 것은 분명 상대를 확인해야 한다는 당위성을 주고 있었다.

채은호는 차에서 내려 주변을 둘러보았다. 대포 폰은 현재 수발신 정지가 걸린 것으로 확인되었다. 거기서 실망하지 않고 채은호는 해당 번호의 마지막 수신 기지국 위치를 조회했다. 예상외로 은파 시내에 위치한 곳이었다. 송군호의 집에서 도보로 30분 거리에 위치해 있었다. 상가가 밀집해 있고, 오피스텔 건물도 양방향으로 서너 개나 되었다. 출근 시간대에 몰린 사거리의 차들에서 쉴 새 없이 클랙슨 소리가 들려왔다. 미간을 찌푸린 채 사방을 확인한 강 팀장이 한숨을 내쉬었다.

"이거 사막에서 모래알 찾기잖아."

기지국을 중심으로 반경 1킬로미터 안에 있는 건물들이 대상이었다. 그곳들을 일일이 조사하려면 수십 명의 수사원을 동원해도 몇 달은 족히 걸릴 것이었다. 막막해하는 강 팀장의 말에 채은호는 묵묵부답이었다. 무엇을 찾는지 사거리에서 은파 아파트 방면으로 곧장 걸어갔다. 잠시 뒤 채은호가 다시 강 팀장 쪽으로 돌아왔다.

"저기 편의점 보이시죠? 거기 CCTV 영상 좀 따야겠습니다."

채은호가 가리키는 방향으로 강 팀장이 시선을 옮겼다. 꽤 커다란 편의점 하나가 길가에 있었다. 자세히 보니 편의점 CCTV가 인도를 비추고 있었다.

"일단 송군호의 마지막 발신 기록이 있는 날을 기준으로 이삼일 정도 찾아보도록 하죠."

발신 기록이 있는 날은 평일이었다. 대포 폰을 쓸 정도의 사람을 만나기 위해 나온 송군호가 교복을 입고 왔을 것 같지는 않았다. 그렇다면 집에서 옷을 갈아입고 왔을 것이다. 위치상 집과 기지국은 같은 선상에 있으니 집 방향에서 기지국 반경에 드는 위치의 중간 지점에 있는 CCTV에 찍혔을 가능성이 높았다. 채은호의 생각을 조용하게 듣던 강 팀장이 반문했다.

"길 건너로 왔거나 차량으로 왔으면?"

"목적지가 집과 같은 선 위에 있는데 굳이 길을 건널 이유는 없죠. 그리고 택시를 탔다고 해도 이 편의점 직전에서 내렸을 가능성이 높아요. 저길 보세요."

채은호가 가리킨 방향은 복잡한 사거리였다.

"사거리를 지나면 거의 식당이나 카페 같은 곳들뿐이죠? 송군호가 전화를 걸었을 때 대포 폰 소유자가 수신한 지역은 상가 쪽이 아니라 전부 같은 장소였어요. 식당이나 카페에서 우연히 전화를 받은 게 아니라 고정된 장소, 즉 사무실을 소유하고 있을 가능성이 높다는 얘기죠. 그렇다면 이 근처에 있는 오피스텔이나 골목 안쪽의 작은 상가 사무실이라고 할 수 있어요. 그쪽으로 가려면 택시는 저 편의점 앞쪽에서 내려줬을 겁니다."

채은호의 말은 일리가 있었다. 강 팀장은 사거리 쪽을 보았다. 워낙 복잡해 택시가 정차하기 힘들어 보였다. 실제로 강 팀장이 이곳에 서 있는 동안 많은 택시들이 손님을 편의점 앞에서 내려주고 출발했다.

편의점은 꽤 큰 규모였다. 소량으로 포장된 과일과 샐러드 같은 신선 식품도 팔고 있었으며 한편으로는 세제 같은 생활용품도 팔고 있었다. 편의점이라기보다는 규모가 작은 마트처럼 느껴졌다. 아무래도 오피스텔촌에 있으니 생활필수품도 준비해놓은 듯 보였다. 강 팀장과 채은호가 들어가자 계산대에 서서 한 손으로 휴대폰을 만지작거리고 있던 직원이 인사했다.

"어서 오세요."

두 사람의 얼굴은 보지도 않고 하는 인사는 무척 형식적이었다. 아무 말도 걸지 말고 대충 사고 싶은 거나 골라서, 군소리 없이 계산하고 나가는 손님이길 바라는 태도였다. 안타깝게도 그의 바람은 이루어지지 않을 예정이었다. 물건에는 관심 없이 채은호와 강 팀장이 계산대 쪽으로 곧장 향하자 그의 표정이 살짝 굳었다.

"경찰에서 나왔습니다."

채은호가 신분증을 보여주며 말하자 직원의 표정이 한층 더 낭패라는 기색을 보였다. 귀찮은 일이 벌어질 것 같다고 여기는 듯했다.

"정문에 설치하신 CCTV 영상을 확인하려고 합니다. 수사상 필요한 것이니 협조 부탁드리겠습니다."

그는 두 사람의 얼굴을 번갈아 보다 주저하며 말했다.

"사장님이 계셔야 볼 수 있는데……."

얼핏 보기에 족히 30대 후반으로 보이는 외모치고 말투는 한없이 미숙했다. 자신의 무능력을 감추고 싶은 것 같기도 한 어투는 제대로 끝맺지도 않고 흐지부지 사라졌다. 어차피 예상된 반응이었다. 채은호가 입을 열기도 전에 강 팀장이 단호하게 말했다.

"사장님께 전화해보시죠."

"사장님 주무실 텐데……."

다시 끝맺음이 흐리마리한 어투였지만 강 팀장과 채은호가 그를 빤히 보는 것으로 대답을 대신했다. 이해는 되었다. 요즘엔 편의점이 가는 곳마다 있었다. 어디서 걸음을 멈추든 멀지 않은 곳에 편의점이 있을 정도다. 장사가 호황일 리 없고, 줄일 수 있는 것은 인건비뿐이니 아르바이트생을 줄이고 편의점주가 장사를 할 수밖에 없는 상황이었다. 그러니 밤새 일하고 들어간 사장의 잠을 깨우기가 아르바이트 직원으로서는 어려울 것이었다. 남자는 왜 하필 내가 있을 때 왔냐는 눈빛을 숨기지 못했다.

하지만 강 팀장과 채은호가 물러서지 않을 거라는 예감이 들었는지 머뭇거리던 직원은 결국 전화기를 들었다. 번호를 누르는 그의 손길이 무겁게 느껴졌다. 통화는 바로 연결되지 않았다.

"전화 안 받는데……."

이번에도 침묵으로 응시하자 직원이 차마 이기지 못하고 수화기를 다시 들었다. 전화를 받은 것 같았다. 직원은 얼른 사정을 말하고는 수화기를 두 사람에게 내밀었다. 채은호가 건네받았다.

"여보세요?"

—무슨 일입니까?

불쾌한 기색을 감추지 않은 목소리가 전화기 너머에서 날아왔다. 채은호는 간단히 상황을 설명했다.

—밤새 장사하고 와서 얼마나 피곤한데. 내가 그걸 꼭 보여줘야 될 의무가 있어요?

남자는 기선 제압을 하고 싶은지 적당히 격앙된 목소리였다. 채은호는 당황하지 않았다. 많이 당해온 일이었다.

"한 학생의 생명보다 선생님의 피로가 중요하다고 말하고 싶지는 않습니다만."

전화기 너머에서는 잠시 동안 말이 없었다.

―30분만 기다리쇼.

강 팀장을 흘깃 보는 채은호의 입가에 미소가 번졌다. 그는
30분이 아니라 세 시간도 기다릴 수 있었다.

사장은 정확히 43분 만에 편의점의 문을 열고 나타났다. 집
이 가까운 모양이었다. 조금 전에 감은 듯 젖은 머리가 덩어리
져 흔들거렸다. 어투에서 느껴진 억압적이고 거만한 인상과는
다르게 꽤 마르고 작은 체구의 남자였다. 까맣게 탄 피부와 길
게 찢어진 눈이 날카로운 인상을 주긴 했다. 편의점 직원이 사
장님이라고 소개하자 채은호가 명함을 내밀었다. 사장은 찢어
진 눈으로 찬찬히 명함과 채은호를 번갈아 보았다.

"전명진이오."

깡마른 손이 내밀어졌다. 채은호는 그의 손을 잡았다.

"잘 부탁드립니다."

전명진은 강 팀장과 채은호를 편의점 뒤편에 딸린 사무실로
안내했다. 사무실 문에는 '관계자 외 출입 금지'라는 푯말이 달
려 있었다. 안으로 들어가니 양옆으로 박스와 음료수가 천장까
지 쌓여 있었다. 안쪽으로 작은 책상과 둥근 테이블 하나가 있
었다. 사무실이라고는 하지만 창고를 겸해 쓰는 것 같았다.

작은 책상 위에는 검은색 장부가 몇 개 꽂혀 있었고 책상 정
면으로 여섯 개의 CCTV 화면이 보였다. 전명진은 테이블에
채은호와 강 팀장을 앉게 하고는 CCTV 기기를 조작하기 시작

했다. 영상을 찾아주려는 것이었는데, 그들이 원하는 날짜의 영상을 찾아내기까지 그는 투덜거림을 멈추지 않았다. 왜 하필 편의점 앞을 지나가서 쉬지도 못하게 하냐는 것이 주된 내용이었다. 한 사람의 미래가 걸린 일이었다. 채은호는 불끈 화가 치솟았지만 묵묵히 그의 불평을 받아내었다.

"여기부터는 제가 찾아봐도 될까요?"

지정한 1월 16일의 영상이 나오자 채은호가 말했다. 1월 16일은 송군호가 마지막으로 대포 폰 소유주에게 전화를 한 날이었다. 사장은 슬쩍 그를 보더니 곧 고개를 끄덕거렸다.

"마음껏 보슈."

그는 자기가 일일이 찾아주지 않아도 된다는 생각만으로도 홀가분해 보였다. 전명진이 필요한 것이 있으면 부르라며 사무실을 나가자 채은호가 컴퓨터 앞에 앉았다. 강 팀장이 그의 어깨 너머로 컴퓨터를 들여다보았다.

"CCTV 조회할 줄 알아?"

"제가 은근히 만능입니다."

채은호는 기기 위에 부착되어 있는 다이얼을 잡고 돌렸다. 화면 속에서 사람들이 빠르게 지나쳐 갔다. 영상 재생 속도를 빨리 한 것이었다. 채은호는 화면에서 눈을 떼지 않았다. 송군호와 비슷한 인물이 지나가는 것 같으면 지체 없이 화면을 멈추고 그 사람을 확대했다. 몇 번이나 그런 작업이 이어졌다. 그리고 화면 속의 시간이 오후 4시 28분을 가리켰을 때였다. 이번에도 채은호가 화면을 멈췄다.

"찾았다."

"뭐?"

강 팀장이 벌떡 일어섰다. 채은호가 약간 흥분한 듯한 얼굴로 화면을 보라며 몸을 틀었다. 과연 정지된 화면 안에는 송군호와 비슷한 인물이 클로즈업되어 있었다. 화면을 확대하는 과정에서 화소가 깨졌고, CCTV의 화질이 다소 좋지 않아 사진처럼 확연하게 보이지는 않았지만, 이목구비와 머리 스타일 그리고 전체적인 몸의 윤곽이 송군호임을 확신하게 했다.

"어느 방향으로 가는 거지?"

강 팀장의 말에 채은호가 영상을 재생했다. 느린 동작으로 송군호가 화면 밖으로 사라졌다.

"사거리 직진 방향인가?"

채은호는 고개를 저었다.

"저희는 행운이네요. 바로 옆 건물로 들어가는 거예요."

강 팀장이 눈을 크게 떴다. 화면 속의 송군호는 그저 편의점 앞을 지나가기만 했다.

"그걸 어떻게 알지?"

채은호는 대답 없이 다시 화면을 뒤로 감았다가 재생했다. 그리고 화면에서 사라진 직후의 영상에서 재생을 일시 정지했다.

화면에서 송군호는 사라졌지만, 그림자가 남아 있었다.

"송군호의 그림자가 살짝 틀어진 것 보이시죠? 몸을 돌린 거예요. 바로 옆 건물로 들어갔을 거예요."

채은호로서는 드물게 흥분하는 모습이었다.

II

송군호가 발길을 튼 곳에는 대규모의 오피스텔 건물이 있었다. 한 동뿐이었지만 18층 건물에 336실의 규모였다. 송군호가 다녀간 호실을 찾아야만 했다.

강 팀장과 채은호는 약속이라도 한 것처럼 관리실을 찾았다. 관리사무소는 오피스텔 지하 1층에 위치하고 있었다. 지하 계단으로 내려가자 음습한 느낌과 함께 퀴퀴한 곰팡이 냄새가 났다. 벽면에는 낡은 배수관들이 오랫동안 병을 앓은 환자의 심줄처럼 툭툭 불거져 나와 있었다. 계단을 내려가자 관리사무소라는 푯말이 보이는 방이 있었고 기계실이라고 붙은 곳에는 관계자 외 출입금지라는 메시지가 붙어 있었는데, 그마저도 몇 개의 자음이 떨어져 나간 상태였다.

관리사무소로 향하는 동안 지하 2층 주차장에서 자동차들이

에폭시 레진몰탈 바닥을 긁는 소리가 몇 번이나 들려왔다. 관리사무소는 두 개의 호실을 하나로 튼 것 같은 넓이였다.

"경찰입니다."

신분증을 보이며 들어갔을 때, 40대 후반의 여성 한 명이 자리에 앉아 있었다. 그녀의 오른편 뒤쪽의 빈 책상에 관리사무소장 나무 명패가 놓여 있는 걸로 보아 여자는 경리 직원인 것 같았다. 관리사무소장이나 다른 직원은 보이지 않았다. 다시 기다림의 시간이 이어질까 염려했지만, 여자는 조금의 당황하는 기색도 없이 자리에서 일어섰다.

"무슨 일이시죠?"

여자에게서는 한자리에서 오랫동안 일한 사람의 완고함 같은 것이 느껴졌다. 자신이 아니면 이 사무실이 돌아가지 않는다고 생각하는 사람, 자신이 곧 이 사무실의 실질적 중심이라고 여기는 사람 같은 기운이 있었다.

"CCTV 확인 차 방문했습니다."

채은호는 간단하게 설명했다. 사건과 관련된 참고인의 행적을 파악하는 중인데 이 오피스텔로 온 것이 확인되었다, 그래서 CCTV를 보아야 한다. 경리 직원은 잠깐 고개를 끄덕거리더니 사무실 한구석에 놓인 CCTV 기계로 향했다. 자신이 직접 다룰 줄 아는 모양이었다. 운이 좋았다.

확인해야 하는 영상은 많지 않았다. 이미 편의점에서 송군호가 이 오피스텔로 들어온 시간이 명확했기 때문이다. 채은호는 엘리베이터의 CCTV를 확인해달라고 했다. 만약 엘리베이터 CCTV에 모습이 잡히지 않는다면 1층 세대에 방문했을 가능성이 높았다.

CCTV를 검색한 지 5분 만에 채은호는 송군호의 모습을 찾아냈다. CCTV 속에서 송군호는 혼자 엘리베이터에 올라섰다. 긴장한 내색은 보이지 않았다. 엘리베이터에 올라 버튼을 누르고 곧장 뒤쪽에 붙은 거울 쪽으로 몸을 돌렸다. 머리 모양을 매만지더니 엘리베이터가 멈추고 문이 열리자 내리는 모습까지 찍혔다. 송군호는 잠시 머뭇거렸다. 아쉽게도 그사이 엘리베이터 문이 닫혔다. 그 탓에 그가 향하는 방향이 오른쪽인지 왼쪽인지는 찍히지 않았다.

"13층으로 갔네요."

엘리베이터에 탔을 때 송군호가 누른 버튼으로 채은호와 강 팀장도 이미 알고 있었지만 경리 직원이 먼저 알은체를 했다.

"13층에는 어떤 사람들이 사는지 알 수 있습니까?"

강 팀장이 물었다. 경리 직원이 한숨 같은 웃음을 뱉었다.

"그런 걸 일일이 알 수는 없죠. 누가 계약했는지 이름은 알지만 사무실로 사용하는지 살림집으로 쓰는지도 알지 못하는걸요."

"13층에는 몇 세대가 있습니까?"

"14세대요."

채은호의 얼굴에 어두운 기색이 스쳤다. 14세대에 송군호의 사진을 일일이 보여주면서 탐문해야 할지도 모른다. 하지만 대포 폰을 쓸 정도의 상대가 송군호를 알고 있다고 말할 가능성은 희박했다.

채은호가 강 팀장을 보았다. 강 팀장은 턱에 손을 대고 잠시 생각에 잠겼다. 어색한 침묵이 돌았다. CCTV 화면을 앞에 두고 채은호와 강 팀장, 그리고 경리 직원이 어정쩡하게 서 있는 채였다. 한참 만에 강 팀장이 고개를 들었다.

"14세대의 전기 사용량을 확인 부탁드립니다."

"전기 사용량은 왜요?"

채은호가 물었다.

"정확한 건 아니지만 한번 확인을 해보지."

강 팀장이 빨리 자료를 달라는 듯 경리 직원을 보았다. 직원이 컴퓨터 앞에 앉아 마우스를 움직이기 시작했다. 달칵거리는 소리가 몇 번 난 뒤 프린터에서 출력되는 소리가 들렸다. 경리 직원이 출력물을 한번 훑은 다음 강 팀장에게 넘겼다.

서류에는 14세대의 호수와 전기 사용량, 그리고 청구 금액이 적혀 있었다. 강 팀장은 주의 깊게 자료를 확인했다. 채은호가 그의 옆에서 서류를 넘겨다보았지만 무엇을 확인하고자 하는지 알 수 없었다. 한참 만에 강 팀장이 서류를 테이블에 올려놓았다. 그는 한 세대를 가리켰다. 경리 직원이 엉덩이를 반쯤 들고 그가 가리키는 세대가 궁금한 듯 눈을 치켜떴다. 채은호도 강 팀장의 손가락 끝을 보았다. 1308호였다.

강 팀장이 물었다.

"어떤 사람이 사는지 알 수 있을까요?"

"그 집이 왜요?"

경리 직원이 답하기도 전에 채은호가 물었다. 강 팀장은 채은호의 얼굴을 물끄러미 보았다.

"여기는 한 세대당 20평도 채 안 되는 오피스텔이야. 사무실로 사용하든 가정집으로 사용하든 전기량에는 별반 차이가 없겠지."

강 팀장의 말대로였다. 적게는 28킬로와트대부터 많게는 400킬로와트대를 사용했고, 200킬로와트대를 사용한 세대가 가장 많았다. 하지만 단 한 세대, 강 팀장이 가리킨 1308호만은 월등히 사용량이 많았다. 748킬로와트. 아무리 업무용 사무실로 쓴다고 해도 규모를 감안할 때 평범한 사용량은 아니었다.

다른 세대와 다르긴 했지만 그게 무엇을 의미하는 걸까. 강 팀장은 왜 전기 사용량에 관심을 두었을까. 채은호는 묻고 싶었지만 일단 질문을 하지 않기로 했다. 지금 중요한 것은 이상하리만치 높은 사용량의 정체였다. 대화가 끊어지자 컴퓨터 앞에 앉아 조회를 한 경리 직원이 말했다.

"사무실로 등록되지는 않았어요. 계약자는 최익태라는 분이네요. 같이 거주하는 사람은 없고요."

"자료 등록은 어느 기준으로 하는 겁니까?"

채은호가 물었다.

"입주하실 때 작성하는 입주자 카드 기준이에요. 정확한 건 아닐 수도 있어요. 단독으로 거주한다고 하셔놓고 가족이 계실 때도 있고, 상황이 바뀌어서 사무실로 변경해 사용하시는 분들도 있죠. 실거주자 변경이 있으면 관리소에 알려야 하긴 하지만 강제 사항이 아니라서 신고하지 않는 사람들이 많아요."

"전기 계량기는 어디에 있죠?"

"각 층별로 엘리베이터 앞에 있어요."

"감사합니다."

채은호가 살짝 목례를 한 뒤 몸을 돌려 사무실을 나섰다. 강 팀장이 뒤를 따랐다. 두 사람은 엘리베이터를 타고 13층으로 올라갔다. 엘리베이터에서 내리자마자 경리 직원이 말했던 대로 전기 계량기가 보였다. 14세대의 계량기가 한데 모여 있었다. 두 번째 줄의 좌측 첫 번째 계량기에 1308이라는 작은 스티커가 붙어 있었다.

굉장히 빠른 속도로 계량기 숫자가 올라가고 있었다.

"집에 있는 것 같네요."

채은호는 주저 없이 1308호 앞에 가서 섰다. 숨을 들이쉬며 긴장되는 마음을 억눌렀다. 그는 눈에 한껏 힘을 준 뒤 현관문에 달린 렌즈를 쳐다보면서 초인종에 손을 올렸다.

채은호가 힘주어 초인종을 누르자, 강 팀장은 문 앞에서 빠져 벽 쪽으로 몸을 붙였다. 잠깐의 침묵이 흘렀다. 안에서는 별다른 소리가 들려오지 않는 것 같았다. 강 팀장이 채은호를 보았다. 채은호는 다시 초인종을 눌렀다. 그때 턱, 턱, 무거운 발소리가 안에서 들려왔다. 밑창이 두꺼운 슬리퍼를 신고 무성의하게 걸어 나오는 소리였다.

"누구세요?"

목소리는 놀랄 만큼 젊었다.

"관리사무소에서 나왔습니다."

채은호의 대답에 안에서 걸쇠를 푸는 소리가 들렸다. 강 팀장이 긴장하며 채은호를 보자, 그가 고개를 끄덕, 신호를 보냈다.

"관리사무소에서 무슨 일로……."

문이 삐거덕 열렸다. 강 팀장은 재빨리 열린 틈으로 몸을 밀어 넣었고, 채은호는 문이 다시 닫히지 않도록 손잡이를 힘껏 잡았다. 남자가 놀라 고함을 질러댔다.

"당신들 뭐야!"

그러나 이미 남자의 몸은 오피스텔 안 신발장까지 밀려나 있었다. 강 팀장과 채은호가 안으로 들어섰다. 뒤로 문이 닫혔다.

남자는 목소리만큼이나 젊었다. 많아봐야 갓 군대를 제대했을, 집에서 복학을 준비하고 있을 20대 초중반의 대학생 정도로밖에 보이지 않았다. 해를 거의 보지 않아서인지 피부가 누르스름했고, 머리는 제대로 정리되지 않아 엉망이었다. 면도를 하지 않은 턱과 입술 위가 거무스름했다.

"경찰입니다."

남자는 채은호의 손에 들린 신분증을 보더니 얼굴을 굳혔다. 슬쩍 남자의 시선이 뒤로 향했다. 채은호의 시선도 자연히 뒤로 향했다. 그의 어깨 너머로 오피스텔 풍경을 본 순간 채은호의 한쪽 눈썹이 쓰윽 올라갔다. 그의 미간이 구겨졌다.

거실 안에는 여덟 대의 컴퓨터가 작동되고 있었다. 정면에는 마치 스튜디오라도 되는 것처럼 동영상 편집기까지 갖추고 있었다. 편집기의 모니터 속에서 벌거벗은 남녀가 몸을 움직이고 있었다. 소리는 완전히 죽여놓은 것 같았다.

"무, 무슨 일이시죠?"

"송군호 군 아시죠?"

"누구요?"

남자가 인상을 찌푸렸다. 그는 빠르게 눈을 껌벅거리더니 고개를 저었다.

"그게 누구죠?"

거짓말하는 것 같지는 않았다. 채은호는 안주머니에서 휴대폰을 꺼냈다. 미리 담아놓은 사진을 불러내 남자의 눈앞에 내밀었다. 송군호의 사진이었다. 남자가 사진을 한참이나 들여다보왔다. 그의 표정이 미묘하게 변화하고 있었다. 채은호는 확신했다. 이 남자는 송군호를 알고 있다. 이름까지는 모르지만 적어도 사진을 보고 누구인지 알 만큼 여러 번 본 사이인 것이다.

"이, 이 사람은 왜요?"

"송군호 군 사망 사건으로 조사 중입니다. 경찰서까지 임의 동행 부탁드립니다."

남자의 입이 떡하니 벌어졌다.

"내, 내가 왜요?"

남자가 저항할 기세로 목소리를 높였다. 채은호는 침착하게 대답했다.

"지금은 참고인 신분으로 임의 동행 요청드리는 겁니다. 다만 사안에 따라 그 신분이 바뀔 수는 있겠지요."

침착한 그의 목소리는 저항하려던 남자의 의지를 금세 무력화했다.

남자의 이름은 박현석이었다. 나이는 스물일곱으로 소속된 직장은 없었다. 오피스텔 명의는 지인의 것이라고 했다. 그의 집에서 쉴 새 없이 가동되고 있던 컴퓨터에서는 수천여 개의 성관계 동영상이 발견되었다. 곧장 검찰에 압수수색영장을 청구했고, 승인에는 무리가 없었다. 모두 불법 촬영된 동영상이었고, 남자는 그것을 성인 사이트에 올려 수익을 얻고 있었다. 카테고리의 첫 번째 페이지에서 신규 게시물들에 밀려나면 수익이 나지 않으니 실시간으로 계속해서 재업로드하는 일명 끌어올리기 전담 직원을 둘 정도였다. 수익의 규모가 어느 정도 될지는 그의 계좌 내역을 추적해보면 확인될 일이었다.

채은호는 그를 체포해 온 더 중요한 목표에 집중했다.

"걔가 고등학생인지 저는 알지도 못했다고요!"

채은호가 송군호의 사진을 들이밀며 간략하게 정황을 말하자, 박현석은 불에 데기라도 한 듯 펄쩍 뛰며 말했다. 일단 머릿속에 떠오르는 자신의 죄에 대해 항변해야 된다고 생각하는 것 같았다.

"송군호 군이 왜 찾아갔습니까?"

이미 알고 있는 답이었지만 박현석의 입으로 들어야 했다.

"제가 사이트에 올리고 있는 영상은 많지만 그래도 계속 새로운 게 필요합니다. 뭐, 그게 수익에 좋기도 하구요. 영상을 팔러 온 겁니다."

"송군호 군은 어떻게 알고 찾아간 거죠?"

박현석이 풋, 웃었다.

"뭐 광고라도 할까 봐요? 알음알음 소개받고 오는 겁니다."

"송군호 군이랑 거래하신 지는 얼마나 되셨습니까?"

박현석은 기간을 가늠해보려는 듯 눈을 위로 치켜떴다.

"한 1년은 넘은 것 같네요."

"송군호 군은 중학생이었습니다. 1년 전이라고 해도 중학교 2학년, 열다섯 살. 그런데 미성년자인지 몰랐다고요?"

채은호의 목소리가 매섭게 박현석에게로 향했다. 박현석은 뜨끔한 표정을 지었다. 요즘 청소년들의 발육이 아무리 좋다 해도 중학생을 못 알아볼 정도는 아니었다. 박현석은 입을 다물었다. 대답하지 않아도 알 수 있었다. 미성년자라는 사실은 알았지만 그에겐 그저 물건을 사고파는 대상에 지나지 않았을 것이다. 고민도 없이 송군호가 들고 온 것을 샀다. 내용은 중요치 않았다. 오히려 어린아이라서 값을 더 낮게 쳐줘도 되니 좋았을지도 모른다.

"어떤 영상이었습니까?"

"찾아보면 아시잖아요."

박현석이 비협조적으로 나왔다. 길게 말해봤자 자신에게 유리하지 않다는 것을 깨달은 모양이었다. 그렇다고 해도 본인에게 이로울 일은 없다는 것을 깨우쳐주려다가 말았다. 채은호가 위협하듯 다시 물었다.

"어떤 영상이었습니까?"

박현석의 눈이 옆으로 굴렀다. 뱀 같다는 느낌을 주었다. 이 자리에서 자신이 하는 행동 하나, 말 하나가 이득이 될지 아닐지를 열심히 계산하고 있었다.

머릿속의 계산이 끝난 건지 박현석이 말했다.

"당연히 성관계 동영상이죠."

"일반적인, 그러니까 흔히 볼 수 있는 성인물이었습니까?"

"……아니요."

박현석은 뒷머리를 벅벅 긁었다. 그러고는 포기하듯 말했다.

"성폭행 장르였는데 몰카 버전이었습니다."

마치 영화라도 되는 듯 '장르'라고 표현하는 것이 채은호 귀에 거슬렸다.

"몰카라고 붙이면 조회 수가 몇 배는 뜁니다. 솔직히 그 녀석이 가지고 오는 영상은 꽤 질이 좋았죠. 장소가 매번 같긴 했지만 근접 촬영이기도 하고 마치 실제인 것처럼 연기도 훌륭했으니까요. 여자애가 쩔었죠. 그쪽으로는 고퀄이었어요."

그렇게 말하던 박현석의 눈이 돌연 커다래졌다. 그는 어색하게 웃으며 말없이 그의 말을 컴퓨터에 옮기고 있는 채은호를 보았다.

"설마 진짜였다는 건 아니죠?"

채은호는 그를 가만히 보았다. 박현석이 벌떡 일어서며 손사래를 쳤다.

"전 진짜로 그건 몰랐습니다. 정말로 몰랐다고요."

채은호는 피가 거꾸로 솟는 동시에 냉정해졌다. 그는 여전히 벌떡 일어서 있는 박현석에게 물었다.

"영상 조회 수 한 건당 수익이 얼마입니까?"

한 여자아이의 성을, 인생을, 모든 것을 유린하고 파괴하는 것을 지켜보는 데에 얼마가 책정되어 있는가. 아무것도 몰랐다고 말하지만 사실은 그 영상 속으로 들어가 기꺼이 공범이 된 너희들이 지불한 금액은 얼마인가.

여전히 나는 죄가 없다는 얼굴로 박현석이 대답했다.

"100원요."

조사실에서 나오면서 채은호는 두 눈덩이를 손바닥으로 꾹 꾹 눌렀다. 피로가 몰려들었다. 몰랐다는 미명하에 범죄를 자행한 녀석의 변명을 들어주는 것은 지치는 일이었다. 미성년자임을 알고 있으면서도 그런 영상을 사고 유포하는 것만으로도 범죄인 것을 잊고 있는 양, 자신은 수익도 별로 챙기지 못했다고 주장하는 녀석의 말 같잖은 소리를 참아내며 들어주는 일은 몇 번이나 겪어도 적응되지 않았다. 저런 녀석에게도 인권이 있으니 불끈거리는 주먹을 참아 내려야 했고, 뜨거운 덩어리가 가슴을 터뜨릴 듯 치받는 것도 삼켜야 했다.

형사팀 사무실로 돌아간 채은호는 곧장 자기 자리로 갔다. 지친 듯 털썩 앉으면서 미령을 생각했다. 영상으로 모든 것이 명확해졌다. 송군호는 혜리를 성폭행한 영상으로 협박해 지속적으로 성 착취를 했다. 그것으로도 모자라 때마다 영상을 찍어 판매까지 했다. 열세 개나 되는 영상은 혜리가 지옥으로 열세

168

번 처박혔다는 것을 보여주고 있었다. 미령은 이 사실을 알고 있을까? 사실 관계를 전해야 하는 마음이 무거웠다.

채은호는 서랍을 열었다. 서랍 안에는 싸구려 볼펜이 아무렇게나 굴러다녔고, 정리하지 못한 서류들이 넘쳐났다. 하지만 채은호가 찾는 것이 보이지 않았다. 채은호는 서랍 안을 뒤적거렸다. 원하는 것이 그의 손에 잡히지 않았다. 채은호의 미간이 좁혀졌다.

'USB가 없다.'

채은호는 잠시 생각에 잠겼다가 벌떡 일어섰다. 바퀴 달린 의자가 뒤로 밀려났다. 채은호는 그대로 사무실을 뛰쳐나갔다.

복도에 나가는 순간 들어오던 다른 형사와 부딪혔다.

"박 형사님! 팀장님 못 보셨어요?"

"어? 글쎄?"

채은호는 빠르게 그를 지나쳐 복도를 달렸다. 뒤에서 박 형사가 무슨 일이냐고 소리쳤지만 돌아볼 여유가 없었다.

그의 걸음이 멈춘 곳은 본관 밖 흡연 구역이었다. 경찰서 건물은 전체가 금연 구역으로 지정되어 있었다. 강 팀장은 흡연 구역의 차양 아래서 담배를 물고 있었다. 채은호가 그에게로 다가갔다.

"팀장님, USB 가져가셨죠?"

강 팀장은 채은호를 보고 놀라지도 않았다.

손가락 사이에 끼우고 있던 담뱃재가 어느새 길게 늘어났다. 강 팀장은 옆에 있던 철제 재떨이에 담배를 떨었다. 채은호는 물끄러미 그 모습을 지켜보았다. 강 팀장은 복잡한 표정이었다. 몇 번이고 무슨 말을 하려다가 입을 다물었다. 채은호가 묵묵히 기다리는 사이 강 팀장은 벌써 두 대째를 피워 물고 있었다.

"팀장님은 이미 알고 계셨죠?"

채은호의 말에 강 팀장의 시선이 바닥으로 가라앉았다.

송군호와 통화한 것이 대포 폰 사용자였다는 사실을 알았을 때 그의 씀씀이와 관련이 있다고 생각하는 것은 자연스러운 수순이었다. 이번 살인 사건의 범인이 혜리가 아닐까 하는 의구심을 가진 채은호는 송군호의 행적이 중요한 열쇠라고 생각했다. 혜리가 송군호를 죽였다면 당시의 둘 사이는 당연히 좋은 관계가 아닐 터였다. 그런데 왜 거기에 나갔을까. 송군호의 친구들은 송군호가 혜리를 자기 마음대로 부렸다고 말했다. 협박 말고는 생각할 수 없었다. 이 모든 정황이 예상 가능한 답을 가리키고 있었다. 대신 그 답이 맞는다는 것을 증명해야 하므로 송군호의 행적을 좇았던 것이다.

채은호는 강 팀장에게 자세한 이야기를 하지는 않았다. 그럼에도 강 팀장은 불법 영상 판매자 박현석을 찾던 관리사무소에서 전기 사용량을 확인해야 한다고 했다. 송군호가 찾아간 곳이 전기를 많이 사용하는 곳이라는 걸 이미 알고 있다는 뜻이었다. 어떤 업종인지 예상하고 있는 사람이 아니면 할 수 없는 행동이었다.

강 팀장이 담배를 물고 길게 빨았다.

"민혜리와 송군호. 여학생과 남학생. 한쪽의 협박. 그런 단서들만 엮어도 나올 수 있는 답이었지."

채은호는 강 팀장이 내뿜는 한숨과도 같은 연기가 공중으로 뱉어지는 것을 물끄러미 보았다.

"최 형사에게 말할 건가? 이 USB 말이야."

"미령 선배도 알아야죠."

강 팀장은 잠시 입을 다물었다. 그가 무슨 생각을 하고 있는지 채은호는 알 수 없었다. 다만 자신을 뛰어넘는 후배들을 늘 응원하고, 모든 의견을 수렴할 줄 알던 이 남자가 USB를 왜 가져갔는지 어렴풋이 짐작되었다. 생각에 잠겨 있던 강 팀장이 채은호에게로 시선을 돌렸다.

"송군호는 악마 같은 놈이었어."

"알아요."

"민혜리는 피해자였고."

"알고 있습니다."

"진실을 밝히는 것만이 과연 최선일까?"

채은호는 아무런 대답도 할 수 없었다. 그가 하는 말의 의미가 무엇인지 아주 잘 알고 있었다. 미령의 아버지 최석태는 손녀의 범죄를 대신 뒤집어썼다. 사실을 알면서도 미령은 딸의 죄를 감췄다. 혜리의 죄를 감추는 것. 그것만이 둘의 목표였다.

"나도 자식을 가진 아버지야. 나 같아도 그걸 세상에 내놓을 수는 없어."

하지만 경찰은 의리만으로 움직일 수 있는 조직이 아니었다. 어떤 대가를 치르더라도 진실을 좇는 것. 그것이 형사가 가진 사명이었다. 밝힐 수밖에 없다는 것은 이미 정해진 것이나 다름없었다.

"최 형사는 아버지를 증오했어. 혜리의 죄를 덮어준 걸로는 용서 못 할 거란 건 지금 상태를 보면 알겠지. 혜리는 어떨까? 자기가 당하고 있는 걸 엄마에게 얘기하지 않았어. 그 앤 엄마를 신뢰하지 않아. 내 생각인데, 최 형사는 혜리가 처음 성폭행 당했을 때만큼은 사실을 알지 않았을까?"

그건 채은호도 짐작하고 있었던 일이다. 다만 짐작이 정답은 아니었다. 그래서 이제는 그들의 말을 들어봐야 했다.

하지만 강 팀장은 고개를 저었다.

"이대로는 세 사람에게 너무 잔인해."

그는 미령과 혜리에게 스스로 밝힐 기회를 주어야 한다고 생각했다. 스스로 일어설 기회를 주어야 한다. 그리고 최석태가 미령을 위해, 미령이 혜리를 위해 했던 거짓말들의 진실을 찾아

줄 수 있는 것은 자신들뿐이라고 여겼다.

강 팀장이 재떨이에 담배를 껐다. 이번에는 절반도 넘게 남아 있었다.

"이왕 밝히는 거 끝까지 가자. 그게 그들을 도와주는 일이야."

채은호는 그 뜻의 의미를 이해하려는 듯 강 팀장의 눈을 들여 다보았다. 강 팀장이 힘주어 말했다.

"우리가 해야 할 일이 있는 것 같다."

12

사건 직전까지 최석태가 지냈던 요양원은 영인시 외곽에 위치한 곳이었다. 영인 시내에서 차로 20분을 달리자 조금 전까지 도시에 있었던 것이 믿기지 않을 만큼 시골 분위기가 나는 거리가 옆으로 스쳐 지나갔다. 왼쪽으로는 황량해진 논을, 오른쪽으로는 산을 끼고 채은호가 운전하는 차량이 달렸다. 그는 요양원 앞에서 차를 멈춰 세웠다.

요양원은 암 말기 환자가 마지막 생에 겪을 끔찍한 고통을 덜어주기 위해 설립된 곳이었다. 점점 통증이 심해지는 환자에게 필요한 마약성 진통제로 괴로움을 달래주고, 마지막에 가서는 수면 요법으로 잠들 듯 편한 죽음을 맞게 해주는 것이다. 누구보다도 최석태에게 필요한 시설이지만, 그는 스스로 이곳을 포기했다.

평일이라 그런지 주차장에는 차가 없었다.

채은호는 병원 안으로 들어갔다. 1층 접수창구에는 병원의 정복을 입은 두 명의 여성이 앉아 있었다. 머리가 긴 쪽 여성이 채은호를 보자 자리에서 일어났다. 다른 쪽 직원은 자기 업무를 처리하느라 바쁜 듯 고개를 들지 않았다. 채은호가 머리가 긴 여성 쪽으로 가 경찰 신분증을 보여주었다.

"아."

크게 당황하지는 않는 걸로 봐서 그녀는 최석태와 관련된 사건을 아는 것 같았다. 그래도 간단한 설명은 필요했다.

"이 병원에 입원했던 최석태 씨 입원실을 보고 싶어서 왔는데, 혹시 자리가 아직 그대로 있나요?"

그녀가 고개를 끄덕였다.

"네, 아직 그대로 있어요. 최석태 씨 물건들 때문에 가족분께 연락을 드리긴 했었는데, 시간이 날 때 오신다고 하고는 아직 안 오셔서요."

가족이라면 미령뿐이었다. 그녀는 지금 충격에 빠진 딸을 보살피느라 체포된 아버지의 짐 따위에 신경 쓸 틈이 없었다. 무엇보다 오래전 인연을 끊고 산 아버지였다. 병원의 연락에 짐을 찾으러 간다고 대답했어도, 오지 않았을 이유가 충분히 짐작되었다.

"그럼 잠시 짐 좀 살펴보겠습니다. 다른 분들께는 폐 끼치지 않도록 할게요."

"안내해드리겠습니다."

여자가 자리에서 일어나 채은호 쪽으로 나왔다. 그녀는 손으로 한쪽 방향을 가리키며 앞서 걸었다. 그쪽에는 계단이 있었다. 입원실 방향을 가리키는 화살표 푯말이 보였다.

"최석태 씨를 담당했던 의사 선생님도 만나 뵐 수 있을까요?"

"네, 말씀드릴게요. 바로 만나보실 건가요?"

"먼저 병실을 보겠습니다."

"그러세요."

여자가 몇 계단 앞서 걸었다. 채은호는 뒤를 따라가며 천천히 주변을 둘러보았다. 깨끗하게 관리된 건물이었다. 준공한 지 오래된 건물 같아 보이지 않았다. 갈라지거나 페인트칠이 벗겨진 곳도 없었다. 하지만 쾌적하다기보다는 왠지 차갑게 느껴졌다. 입원실 복도에 들어서고 나서야 그 이유를 알았다. 1층에도 복도에도 환자의 가족들로 보이는 사람들은 없었다. 복도에서 느껴지는 냉기가 환자들의 가슴에 똑같이 흐를 것이다.

이곳에서 최석태는 죽어가고 있었다. 그가 병에 걸린 사실을 알았을 때 미령의 심정이 어땠을까를 채은호는 생각해보았다. 두 번 다시 보고 싶지 않은 아버지지만, 그래도 아버지다. 파도처럼 일렁였을 미령의 마음을 감히 어림으로라도 짐작할 수 없었다.

"이 방입니다."

직원이 가리킨 방은 복도의 제일 안쪽에 있었다. 방문에 붙은 환자 이름표를 보니 총 다섯 명이 한 방에 머물렀다. 최석태의 침상을 제외하면 빈자리는 없었다. 여자가 먼저 문을 열었고, 채은호가 그 뒤를 따르려고 할 때였다. 채은호의 안쪽 주머니에서 휴대폰이 울렸다. 여자가 뒤를 돌아보았다. 채은호는 전화기를 꺼내 들어 보였다. 고개를 끄덕인 여자가 병실 안으로 먼저 들어갔다.

"네, 팀장님."

—결과 나왔다. 토양 동일성 검사 말이야.

창가 쪽으로 향하던 채은호가 우뚝 걸음을 멈추었다.

"민혜리의 신발에서 나온 흙과 동일하지 않죠?"

전화기 너머에서 후, 하는 소리가 들렸다.

—동일하지 않을 거라고 생각하고 검사를 의뢰한 거군.

네, 하고 채은호가 짧게 대답했다.

민혜리의 신발과 최석태의 무릎에서 검출한 흙이 다른 이유는 사건 당일에 있었던 또 다른 장면 하나를 보여주는 것이었다.

민혜리와 최석태는 송군호가 죽던 장소, 즉 같은 장소에 있었다. 그렇다면 두 사람에게서 검출된 흙은 같은 성분이어야 했다. 하지만 결국 동일하지 않다는 검사 결과가 나왔다. 그것은 최석태가 혜리의 동선과 다른 어딘가에 들렀다는 가능성을 내포하고 있었다. 두 사람이 폐건물에서 뛰쳐나온 때와 최석태가 혜리를 죽이려다 잡힌 때의 시간차가 그것을 증명했다. 최석태의 무릎에 묻었던 흙이 어디에서 나왔는지 확인하는 것만이 그 시간을 설명해줄 터였다.

많은 곳들의 흙을 채취하고 검사하는 데만 해도 며칠이 걸렸다. 과수대원들의 항의와도 같은 불평들을 강 팀장이 묵묵히 받아냈다. 그들은 이미 범인이 잡힌 상황에서, 최석태에게 묻은 흙이 어느 땅에서 나왔는지를 알아내는 것이 왜 필요한지 이해하지 못했다. 모든 것이 밝혀지기 전에 미령을 언급할 수 없어서 강 팀장은 침묵을 선택했다.

"찾으셨어요?"

채은호의 눈빛이 성마르게 번뜩거렸다.

—찾았어.

강 팀장의 말에 채은호는 자기도 모르게 주먹을 쥐었다. 강 팀장의 말이 이어졌다.

—송군호 시신이 발견된 지점에서 약 2킬로미터 떨어진 공원의 흙이야. 공원 여러 곳을 뒤졌는데 그중에서 유일하게 동일성이 확인됐지. 재신공원이야.

채은호의 머릿속에 재신공원의 약도가 빠르게 그려졌다. 송군호의 시신이 발견된 곳에서 미령의 집까지 이어지는 선 위에 위치해 있었다. 최석태는 재신공원에 들러 무엇을 했을까. 채은호와 강 팀장은 의견을 같이하고 있었다.

손톱. 시신에서 사라진 송군호의 손톱을 어딘가에 묻었다고밖에 생각할 수가 없었다. 손톱은 반드시 찾아야 했다. 손톱을 빼야 했던 이유를 생각하면 찾아야 하는 이유도 명확했다. 진범이 민혜리라면 최석태는 민혜리를 감싸기 위해 손톱을 빼 숨긴 것이다. 손톱에 남은 유전자를 검출해 민혜리의 것과 동일한 결과가 나오면 그 증거가 된다.

공원의 넓이는 상당했다. 그 넓은 곳에서 송군호의 손톱을 찾아내기란 여간 어려운 것이 아닐 터였다.

"거기서 꼭 손톱을 찾아내야 합니다."

—인력 지원을 요청하지.

"부탁드립니다, 팀장님."

강 팀장과의 통화를 종료한 채은호는 병실 문을 열었다. 안내해줬던 직원이 빈 침대 옆에 있던 철제 의자에 앉아 있다가 일어섰다.

"통화가 길어져서…… 죄송합니다."

"아니. 괜찮아요. 이 자리가 최석태 환자 침상이었습니다."

아직 침대에는 보가 씌워져 있었다. 당장에라도 최석태가 돌아올 듯 여기저기에 사용 흔적이 있었고, 이불은 한쪽으로 밀려 있었다. 침대 옆에는 작은 서랍장이 설치되어 있었다. 다른 사람들의 서랍장 위에는 꽃병이나 음료수 상자 같은 것들이 놓여 있었지만 최석태의 서랍장 위에는 아무것도 없었다. 서랍장 위 칸은 당겨 여는 형태의 일반적인 서랍이었고, 훨씬 더 큰 아래 칸에는 여닫이 형식의 문이 달려 있었다. 채은호는 아래 칸을 열었다. 안은 비어 있었다.

방문자, 보호자, 소유물. 최석태에게는 많은 것이 없었다.

"거기엔 원래 입원하실 때 입고 오신 옷과 신발을 놓아두는 자리예요. 환자분이 외출하실 때 갈아입으셨죠. 환자복은 침대 위에 놓여 있어서 저희가 치웠는데 괜찮을까요?"

무릎을 굽히고 앉아 안을 들여다보던 채은호가 고개를 끄덕이며 일어섰다.

"네, 그건 상관없습니다."

"사실은 제가 꼭 최석태 환자에게 보내드리고 싶은 게 있었어요."

채은호가 그녀를 보았다. 그녀는 위쪽 서랍장을 열었다. 서랍장 바닥에는 신문지가 깔려 있었고, 비눗갑과 칫솔, 3분의 2쯤이 돌돌 말려 있는 치약이 놓여 있었다. 직원은 서랍장 안에 손을 넣어서 서류 봉투를 꺼냈다.

한번 열어보라는 듯 그녀는 아무런 말 없이 채은호에게 건넸다. 채은호 손에 들린 것은 A4 사이즈의 평범한 서류 봉투였다. 내용물이 꽤 두툼했다.

"이건……."

사진이었다. 정확히 말하면 사진을 프린트한 것이었다. 얄팍한 A4 용지에 인쇄해 뒷면까지 잉크가 번져 나온 것도 있었다. 수없이 넘겨봤을 종이는 힘을 잃은 지 오래되어 보였지만 구겨지거나 변색된 곳도 없었다. 사진이 들어 있던 서랍은 세면도구를 넣는 곳이었다. 습기가 있었을 텐데도 종이의 훼손이 없는 걸로 봐서 최석태가 소중히 관리했을 것이 예상되었다.

사진의 인쇄 품질은 좋지 않았지만 한눈에 보아도 피사체가 민혜리라는 것을 알아볼 수 있었다. 교복을 입고 있는 사진, 버스에서 내리는 사진, 학교로 들어가는 사진. 뒤로 여러 장씩 넘길수록 민혜리가 점점 어려지고 있었다. 맨 마지막 장에는 어린이집 차에서 내리고 있는 민혜리의 모습이 담겨 있었다. 최석태가 민혜리를 지켜보고 있었던 오랜 시간이 사진으로 남아 있었다. 전부 멀리서 찍거나 몰래 찍었을 거라고 예상되는 각도의 것들이었다.

"휴대폰에 계속 간직하고 계셨었어요. 근데 한번은 휴대폰이 고장 났는지 안 켜진다고 들고 오셨더라고요. 듣기로는 같은 방에 있는 환자가 물을 엎질렀다고 했어요. 배터리를 빼고 말린 뒤에 꽂아보니까 작동이 되어서 돌려드렸는데."

그 뒤로 최석태가 휴대폰이 다시 망가질까 봐 전전긍긍했다는 이야기였다. 어디서 들었는지 최석태가 휴대폰을 가지고 접수창구에 내려와 사진 출력을 부탁했다고 했다. 사진관에서 출력하는 것이 아니니 당연히 화질이 좋지 않을 거라고 말했지만 그래도 사진이 모두 없어지는 것보다는 낫다고 했다.

사진 출력물을 받아 든 최석태는 너무 기뻐했다고 한다. 몸 상태가 점점 나빠졌지만 그 후에도 최석태는 몇 달에 한 번씩 몰래 병원을 나갔다. 의사의 외출 허락이 떨어지지 않았기 때문이다. 손녀를 만나러 가는 게 분명하다고 담당 간호사는 생각했다. 그래서 그의 외출을 알게 된 날에도 막지 못했다.

"그렇게 몇 달에 한 번 나갔다 오실 때마다 저한테 사진 인쇄를 부탁하셨어요. 의사들 핀잔을 받으시면서도 그러시니 직원 입장으로는 곤란하긴 했지만 또 한편으로는 안쓰러운 마음도 들어서 매번 해드렸습니다. 손녀죠? 그렇지 않고서야 그렇게 보고 싶어 하실 리가 없다고 생각했어요. 그래서 저도 더 그분의 부탁을 거절하지 못했고요."

그랬던 최석태가 어느 날인가부터 나갔다 오면 표정이 좋지 않았다. 손녀를 못 만났냐고 하면 대답 대신 창밖을 내다보았다고 했다. 서운한 기색을 감추지 못했다. '따님한테 한번 오시라고 연락을 드려볼까요?' 하고 물으면 항상 슬픈 얼굴로 웃기만 했다.

"지난번에 따님한테 전화드렸을 때 바로 오셨으면 제가 이걸 드리려고 했어요. 그런데 안 오시네요. 형사님이 이거 할아버지에게 전해주시겠어요? 엄청 좋아하실 거예요."

그녀는 최석태가 사람을 죽였다는 것에는 그다지 신경을 쓰지 않는 것 같았다. 자신이 봐왔던 것, 최석태에 대한 안쓰러움만을 가지고 있는 듯 보였다.

채은호는 몇 장의 사진들을 더 유심히 보다 서류 봉투에 넣었다.

"그렇게 하겠습니다."

다음 날 채은호는 차에 올라앉은 채로 지도를 펴서 들여다보고 있었다. 볼펜을 꺼내 지도 위에 뭔가를 표시하려던 채은호는 문득 창밖을 내다보았다. 지원 나온 형사와 과수대원들이 여기저기서 땅을 파고 있었다. 송군호의 손톱을 찾기 위함이었다. 몇몇은 불만이 가득한 얼굴로 항의를 하는 것 같았지만 강 팀장은 웃으며 그들을 다독였다.

최석태는 여전히 입을 다문 채였다. 그에게서 뭔가를 듣는 걸 기대하기는 힘들었다. 다른 형사들의 아우성을 받아가며 흙을 파는 것보다는 어쩌면 미령과 최석태, 혹은 혜리를 대질시키는 것이 백배 나을지도 몰랐다. 일부에서는 형사1팀의 막내인 채은호의 의견에 강 팀장이 휘둘리고 있다는 말도 나왔다. 채은호는 반드시 이곳에서 손톱이 나올 거라고 생각했다. 하지만 작업 다섯 시간째, 열 개의 손톱 중 단 한 개도 나오지 않았다. 잘못하면 강 팀장이 경위서를 써야 할지도 몰랐다.

공원을 통제하는 인원 다섯 명과 과수대 요원 세 명, 형사 열두 명, 총 스무 명이 투입된 비교적 큰 작전이었다. 그러나 이 상태라면 맨손으로 돌아가야 할 판이었다.

채은호는 자신의 생각이 잘못된 건 아닌가 처음부터 다시 검토해보았다. 하지만 아무리 지도를 들여다봐도 이 공원 말고 다른 곳일 확률은 없었다. 이 공원과 같은 흙을 사용할 만한 곳이 하나도 보이지 않았기 때문이다.

현장으로 오기 전 채은호는 최석태의 당일 동선에 있는 마트와 철물점을 훑었다. 슈퍼 한 군데 사장이 사진 속 최석태의 얼굴을 금방 알아보았다. 아파트를 끼고 있는 곳이라 늦게까지 손님들이 있기 때문에 새벽 1시까지 영업을 했다. 늦게 학원에서 돌아오는 아이들을 마중 나왔다가 슈퍼에 들르는 사람들도 많았기 때문이다. 하지만 그날은 손님도 많지 않았고 마감 직전이라 더욱 기억하고 있었다. 게다가 누군가에게 쫓기듯 헐레벌떡 들어온 최석태를 가게 주인이 기억하고 있는 것은 무리가 아니었다. 들어온 최석태는 펜치가 있는지 물었다. 다행히 가게 제일 구석의 생활용품 코너에서 먼지에 쌓인 펜치를 찾을 수 있었다. 가게 주인은 그냥 집에 뭔가 망가졌나 보다, 그렇게 생각했다.

그날 최석태가 그 슈퍼에서 산 것은 펜치 하나뿐이었다. 펜치가 중요한 것이 아니었다. 펜치만 샀다는 것, 삽이나 모종삽을 사지 않았다는 것은 최석태가 손으로 흙을 팠다는 뜻이 되었다.

그 사실을 근거로 채은호는 흙을 판 깊이가 20센티미터가 채 되지 않을 거라고 예상했고 대원들에게 그렇게 전달했다. 예상이 틀릴 거라는 걱정은 하지 않았다. 공원의 땅은 사람들이 많이 다니는 만큼 딱딱하게 다져져 있다. 게다가 겨울이다. 땅이 그렇게 잘 파일 리가 없었다.

이런 그의 판단에 엇나간 점이 있었던 걸까? 채은호는 알 수 없었다.

'분명 여기일 수밖에 없는데.'

채은호는 작업 현장을 가만히 바라보았다. 공원을 둘러싼 화단의 나무 사이사이로 지친 형사들이 허리에 팔을 얹고는 불만이 가득한 얼굴로 이쪽을 보고 있었다. 그러나 채은호의 시선을 잡은 것은 엉덩이 높이 정도로 붉은 벽돌을 쌓아 만든 화단이었다. 넓은 공원을 감싸고 있는 화단에는 1미터도 채 안 되는 주목나무가 심겨 있었다.

채은호의 눈이 반짝였다.

채은호는 뭔가에 홀린 듯 차에서 내려 그쪽을 향해 걸었다. 무슨 일이냐며 강 팀장이 다가왔다.

"여길 뒤져야 해요."

"무슨 소리야? 거기는 육안으로도 다른 흙인 게 보이잖아. 화단용 흙은 아무 흙이나 갖다 붓는 게 아니니까."

그 사실은 채은호도 알고 있었다. 화단용 나무를 식재할 때는 흔들리지 않도록 펄라이트, 상토, 마사토 순으로 흙을 부어 사용한다. 당연히 공원 바닥의 흙과는 달랐다. 하지만 채은호는 같은 말을 반복할 수밖에 없었다.

"여기예요. 여길 뒤져야 해요."

강 팀장은 채은호의 얼굴을 보며 잠시 고민하는 듯하더니, 곧 그의 새로운 의견을 반영한 작업을 지시했다. 모두들 처음엔 기가 막히다는 얼굴을 했지만, 어차피 벌어진 일 덮는 것보다는 뒤집는 편이 낫다고 판단한 듯 이내 지시를 받아들였다.

그리고 한 시간이 채 지나지 않아 두 사람 앞에 송군호의 것으로 추정되는 손톱 열 개가 놓였다. 송군호의 손톱에 시선을 사로잡힌 채로 강 팀장이 중얼거렸다.

"최석태의 무릎에 묻은 건 화단 흙이 아니야. 그런데 송군호의 손톱은 화단에 묻혀 있고. 이게 뭘 뜻하는 거야?"

채은호가 나직하게 대답했다.

"서글픈 진실요."

이제는 미령을 만나야 할 순간이었다.

13

미령은 혜리의 휴대폰을 화장실 바닥에 집어 던졌다. 순식간에 휴대폰이 분리되었다. 플라스틱 겉면이 떨어져 나간 휴대폰은 속을 훤히 드러내었다. 이 휴대폰만 없으면 이제 혜리는 정상적인 생활을 할 수 있을 거라고 생각했다.

미령은 성마른 손길로 다용도실을 뒤졌다. 그녀가 적당하다고 생각할 만한 것이 나오지 않았다. 남편과 이혼한 이후로 집안에 신경을 쓰지 못했고, 고장 나는 것이 있더라도 관리사무소에 부탁하면 해결되어서 지금까지 필요했던 적이 없었다. 그녀는 지금 망치 같은 것이 필요했다.

곧 미령의 손이 닿은 곳은 안방에 있던 장식장이었다. 유리문안에 그녀가 받은 상패가 있었다. 경찰청으로부터 4년 전 받은 공로패였다. 대학에 인접한 원룸 밀집 지역의 연쇄 강도범을 잡았을 때였던가, 아니면 건설업자 살인 사건을 해결했을 때 받았던 것인가 확실히 생각나지 않았다. 그녀에게는 지금 그런 사실이 하나도 중요치 않았다.

공로패는 그녀의 삶만큼이나 묵직했다. 그것을 가지고 화장실로 다시 들어갔다. 분리된 휴대폰의 하드웨어 쪽을 몇 번이고 내려쳤다. 회로판 같은 것이 보여 그것도 부숴버렸다. 바닥에 떨어진 유심칩을 입안에 넣고 마구 씹어댔다. 휴대폰 조각들과 함께 변기통 안에 넣어 물을 내려버렸다. 부서진 조각들이 거침없이 내려갔다.

그로부터 한참 동안 미령은 계속 그 행동을 반복했다. 깨지지 않으면 물고 뜯었다. 출산 이후 오랫동안 부실한 채였던 치아의 통증은 신경도 쓰지 않았다. 아이를 낳을 때보다 아이를 잃는 것이 더 두려웠다. 내려갈 정도만 되면 곧장 물을 내렸다. 미령은 며칠 안에 변기를 교체할 생각이었다. 형사로 일할 때 용의자들은 증거 물품들을 가끔 이런 식으로 변기에 내리곤 했다. 하지만 형사들은 그보다 더 끈질겼다. 변기를 뜯어 배관에 걸려 있는 증거 물품을 찾아내곤 했다. 교체하는 편이 안전했다.

그렇게 반도 채 버리지 못했을 때였다. 초인종이 울렸다. 손을 멈추고 현관 쪽을 쳐다보는 그녀의 눈이 맹수처럼 사나웠다. 미령은 손을 내려다보았다. 아직 많은 조각들이 남아 있었다. 하지만 이렇게 망가뜨려버린 휴대폰은 어떻게 해도 복구가 되지 않을 터였다.

재차 초인종이 울렸다. 이번에도 채은호일 것이다. 정말로 영
장을 가지고 왔을까? 미령은 고개를 저었다. 정확한 증거가 없
는 이상 검사는 수색 영장이든 체포 영장이든 내주지 않았을 것
이다. 자신감이 생겼다. 바닥에 널브러진 휴대폰의 조각들을 양
손으로 쓸어 주머니에 넣었다. 현관으로 향했다. 인터폰 화면을
확인할 생각도 하지 않고 현관문을 열었다. 돌아서던 채은호가
놀란 눈으로 미령을 보았다.

"선배, 집에 안 계시는 줄 알았어요."

미령은 채은호를 응시했다. 좋아하는 후배였다. 똑똑하고 영
리했다. 하나를 가르치면 열을 아는 정도가 아니라, 사건 하나
이상을 해결해냈다. 부럽기도 했다. 자신의 신입 시절은 어땠
던가. 업무를 잘해내는 것은 당연했고, 여자라서 안 된다는 선
배들의 편견까지 넘어야 했다. 채은호는 자유로웠다. 규정이나
관례 같은 것은 그에게 중요치 않은 듯했다. 그는 늘 왜 안 되냐
는 말을 입에 달았다. 선배들은 그를 논리적으로 이길 수가 없
었다. 요즘 애들은 다 저래? 채은호에 대한 선배들의 평은 그랬
다. 그래도 진심으로 채은호를 싫어하는 사람은 없었다.

이제는 달라졌다. 지금의 미령에게는 채은호가 가장 껄끄러운
존재였다.

"들어와."

무슨 일로 왔는지 따위는 묻지 않았다. 미령은 몸을 돌려 먼저 거실로 올라섰다. 채은호도 그녀를 따라 신발을 벗고 거실로 올랐다. 등 뒤로도 채은호가 집 안을 눈으로 훑는 것이 느껴졌다.

"드릴 말씀이 있어서요."

주머니에 넣은 휴대폰 조각들이 묵직하게 느껴졌다. 실제보다 더 많이 주머니가 튀어나온 것처럼 보이기도 했다. 긴장하지 마라. 이제는 디지털 포렌식으로도 복구가 되지 않는다. 미령은 빳빳하게 서는 신경 줄을 스스로 가라앉히기 위해 애썼다. 그녀는 살짝 웃으며 뒤돌아섰다.

"차라도 마실래? 이번엔 칼 말고 뭘 보여주면 돼?"

채은호가 미령의 눈을 곧게 응시했다. 날 선 말투가 이상하다고 느껴졌는지도 몰랐다. 그 시선이 피하고 싶었고 입술이 말랐다. 대신 미령은 눈을 깜박였다. 채은호가 말했다.

"제가 보여드릴 것이 있어요. 잠시, 앉아도 될까요."

"그래."

채은호의 말투는 나직했다. 미령은 차를 준비해 올까 하다가 그만두었다. 회피하려는 듯한 행동을 자꾸 보이는 것은 좋지 않다고 생각했다. 이미 채은호는 자신이 뭔가를 숨긴다는 것을 알고 있었다. 하지만 어떤 것도 증거가 없다. 증거가 될 것은 이미 다 사라졌다. 휴대폰도, 송군호도.

미령이 소파로 와 앉았다. 그때까지 채은호의 시선은 미령에게서 떨어지지 않았다. 미령은 채은호가 먼저 입을 열 때까지 아무런 반응도 보이지 않기로 했다. 다만 시선은 약간 아래로 향하고 있었다.

채은호는 말없이 주머니에 손을 넣었다. 바스락거리는 소리가 들렸다. 잠시 후 그의 손에 들려 나온 것은 증거품을 담는 비닐 팩이었다. 채은호가 테이블 위에 비닐 팩을 놓았다. 미령은 짧은 순간 그것이 무엇인지를 알아보지 못했다.

곧 등허리에 땀이 흘렀다. 관자놀이의 심줄이 팽팽히 서는 것이 느껴졌다. 손톱이었다. 흙이 잔뜩 묻어 있었고, 손톱 끝에는 피가 검붉게 말라붙어 있었다. 흙에도 피가 뒤엉겨 있음은 명백했다. 누구의 손톱인지는 묻지 않아도 뻔했다.

"찾았구나."

"찾았어요."

처음 살인 사건을 접수받고 출동했을 당시 송군호의 시신을 보고 손톱이 없다는 것은 알고 있었다. 그녀는 다행이라는 듯 고개를 끄덕거렸다.

채은호가 말했다.

"선배 아버님께서……."

"굳이 그렇게 말하지 않아도 돼."

미령이 말을 잘랐다. 채은호가 잠깐 생각하고는 다시 말했다.

"최석태 씨는 쉽게 자백을 했습니다. 자신이 잡혀도 아무 상관 없는 사람처럼요. 그런데 굳이 손톱을 왜 뺐을까. 내내 그게 이상했어요. 손톱을 빼는 건 몸싸움 과정에서 남아 있을지 모르는 자신의 유전자를 없애려고 할 때나 하는 행동이잖아요."

미령은 최대한 냉정한 눈빛을 유지하려 노력했다.

"손톱을 반드시 찾아야 했어요. 체포 당시 최석태 씨가 입고 있던 바지 무릎에 흙이 묻어 있었어요. 송군호가 시신으로 발견된 장소의 흙과는 육안으로 봐도 다르다는 것을 알 수 있었어요. 시신이 발견된 곳은 폐가라 흙먼지와 시멘트 가루 같은 것이 대부분이었지만 최석태 씨의 바지에서 나온 흙은 좀 더 양분과 수분이 있는 흙이었어요. 손톱을 묻을 때 붙은 흙이라고 확신했어요. 그래서 송군호가 죽은 현장과 최석태 씨가 체포된 이 집 사이의 흙이 있는 곳이라면 다 채취해서 토양 동일성 검사를 실시했죠. 그곳이 어디인지 드디어 찾아냈어요. 재신공원이었죠."

"……잘됐네."

"하지만 재신공원 바닥을 아무리 파내도 손톱은 나오지 않았어요. 최석태 씨는 하다못해 모종삽도 없었으니 맨손이라서 깊이 팠을 리도 없었는데 말이죠. 찾는 과정에서 유실이 된 건가, 아니면 애초에 잘못 짚은 건가 생각했을 때 화단이 보였어요."

채은호는 화단에 대해 설명했다. 그의 엉덩이 높이까지 올라와 있는 화단 흙에서 손톱을 찾아낸 이야기를 했지만 미령은 그저 가만히 듣고 있기만 했다. 테이블에 올려져 있는 손톱이 그녀의 시선을 잡고 있었다. 아무 힘 없이 봉투에 싸여 있는 손톱은 살아 움직이는 것보다 더 무섭게 그녀의 영혼을 할퀴어내고 있었다.

"나한테, 그 얘길 하는 이유가 뭐야. 네가 그렇게 공들여 찾아냈으니 칭찬이라도 해달라는 거야?"

"그럼 왜 최석태 씨의 무릎에 흙이 묻었을까요?"

미령의 시선이 채은호에게 닿았다. 그녀의 이마에 주름이 잡혔다.

"뭐?"

"말씀드렸잖아요. 손톱이 숨겨져 있던 화단은 제 엉덩이 높이였다고요. 거기에 손톱을 묻으려면 선 자세여야 해요. 선배의 생각대로라면 최석태 씨는 본인이 생각할 때 지저분한 행실을 보이는 손녀를 뒤따라가야 했어요. 그렇다면 곧바로 혜리 뒤를 쫓았겠죠. 그런데 왜 무릎에 공원 바닥 흙이 묻었을까요."

미령은 선뜻 대답하지 못했다. 채은호의 말을 듣고 보니 이상한 것이 확실했다. 무릎에 흙이 묻을 이유가 없었다. 미령은 의식적으로 고개를 갸웃거렸다.

"손에 묻은 흙을 바지에 털었겠지."

"아, 그건 아니에요. 손을 털 때와 무릎을 꿇었을 때 묻는 흙의 모양이 다르죠. 사람의 체중이 실리니까요. 이건 무릎이 땅에 닿았다는 흔적, 무릎을 꿇었을 때의 모양이에요."

미령은 아랫입술을 깨물었다. 아버지는 왜 무릎을 꿇은 걸까. 그때 미령의 머릿속으로 하나의 상상이 스쳐 지나갔다. 설마, 하는 생각으로 미령은 자신의 머릿속에 떠오르는 장면을 지워냈다. 말도 안 되는 일이다.

미령이 아무런 대답을 하지 않자 채은호가 입을 열었다.

"무릎을 꿇는 행위가 가진 의미가 있죠."

미령은 미간을 찌푸린 채 채은호의 다음 말을 기다렸다.

"분노에 찬 자신이 죽인 사람의 손톱을 빼서 굳이 파묻고 왜 무릎을 꿇으셔야 했을까요? 두 가지의 행동을 하게 한 개연성은 하나밖에 없어요."

잠깐 말을 멈추고 채은호는 미령을 강한 시선으로 보았다.

"사죄요."

채은호의 말을 끝으로 잠깐의 정적이 흘렀다. 미령은 휘둥그 렇게 뜬 눈으로 그를 응시하다가 쓴웃음을 터뜨렸다.

"무슨 사죄?"

"최석태 씨는 분노하지 않았던 거예요. 적어도 송군호에 대해서는 말이죠. 미안하고 죄스러운 마음이 컸던 거예요."

"말도 안 되는 소리 마. 무릎에 흙이 좀 묻은 걸로 너무 갖다 붙이는 거 아니야? 사람을 죽이고 나니까 다리에 힘이 풀렸겠지. 살날이 얼마 남지도 않은 병 걸린 노인이니까."

"죽인 사람의 손톱을 일일이 뺄 정도로 계산적이고 침착한 사람이요?"

채은호는 말을 멈추지 않았다.

"처음으로 얘기를 돌려볼까요? 손톱을 빼는 이유는 범인임을 숨기기 위해서. 그러면 최석태 씨가 손톱을 뺀 이유는 당연히 그거였겠죠. 그런데도 자백을 했다는 건, 최석태 씨가 숨겨야 했던 건 본인의 범죄가 아니라 진짜로 송군호를 죽인 누군가라는 계산이 나와요."

미령은 얼굴에서 핏기가 가시는 것이 느껴졌다. 손끝이 떨려왔다. 흔들리는 모습을 보여서는 안 되었다. 아직, 아무것도 증명된 것은 없다.

"아버지가, 죽이지 않았다면 그럼 누구라는 거야?"

"최석태 씨가 숨겨줘야 할 누군가겠죠. 그래서 손톱을 빼 흙에 묻기는 했지만 죄책감 때문에 그 앞에서 무릎을 꿇었던 거예요. 정말 사죄인지 아닌지는 최석태 씨만이 아시겠죠. 그 후에는요? CCTV가 있기 때문에 현장에 진범이 같이 있었던 것이 탄로 날 거라고 생각했겠죠. 최석태 씨는 머리를 썼어요. 당장 따라가 그 사람이 범인이 아니라 피해자 중 한 사람이라는 상황을 연출해야 했어요. 하지만 손톱을 숨기느라 분명 뒤늦게 따라갔을 거예요. 선배, 집 잠금장치 비밀번호 키죠?"

미령은 반사적으로 현관문 쪽을 보았다. 채은호의 말대로였다. 채은호는 이미 확인을 했을 터였다. 그녀는 긍정도 부정도 하지 않은 채로 가만히 있었다.

"만약 혜리가 자신을 죽이려고 쫓아오는 할아버지를 피해 집으로 도망쳐 들어왔다면 말이죠, 분명 문은 잠겼을 거예요. 손톱을 빼고 숨기느라 시간이 지체된 최석태 씨는 혜리보다 훨씬 늦게 도착했을 테니까요. 그럼 최석태 씨는 이 집에 어떻게 들어온 걸까요? 비밀번호를 알고 있었던 걸까요? 20년도 넘게 연을 끊고 산 딸의 집 비밀번호를요?"

미령이 주먹을 꽉 쥐었다. 경황이 없어 생각도 못 한 일이었다. 그럼 혜리가 문을 열어줬다는 말인가? 혜리는 할아버지가 자신을 위해 죄를 뒤집어쓰려는 것을 알았던 걸까? 알고서도 문을 열어주었을까? 미령은 고개를 저었다. 천천히 내젓던 그 속도가 점점 빨라졌다. 그녀의 입술이 덜덜 떨렸다.

"아니야. 아니야. 아니라고!"

"선배!"

채은호가 처음으로 소리를 질렀다. 미령의 눈동자를 보고 그는 가슴에 옅은 통증을 느꼈다. 그녀는 애원하고 있었다. 아니라고 말해달라고, 아무 일도 일어나지 않을 거라고, 그렇게 말해주기를 간절히 바라고 있었다. 하지만 채은호는 그럴 수 없었다. 피해서는 안 되는 일이 세상에는 분명히 존재했다. 진실을 피해 눈을 돌리면 기다리는 것은 불행뿐이다.

"송군호를 죽인 건 혜리예요."

"아냐."

"송군호에게 나쁜 일을 당한 거죠?"

"아니야. 증거 있어?"

채은호는 가지고 온 가방을 열었다. 안에서 서류 봉투를 꺼내었다. 요양 병원에서 가져온 최석태의 물건, 바로 혜리의 사진이었다.

"최석태 씨는 세 달에 한 번 정도는 선배와 혜리가 보고 싶어서 몰래 병원을 나와 주변을 맴돌았어요. 그날도 의사 몰래 병원을 나왔죠. 근 2년간 혜리가 집에서 전혀 나오지 않았기 때문에 걱정도 되고 궁금하기도 했을 거예요. 그런데 그날은 혜리를 발견했죠. 혜리는 어딘가로 가고 있었어요. 그 뒤를 따라갔겠죠. 혜리는 재개발이 시작되는 동네로 들어갔어요. 그때쯤 최석태 씨는 혜리를 놓쳤을 거라고 생각돼요. 그래서 혜리와 송군호 사이에 오가는 얘기나 행동은 보지 못했겠죠. 최석태 씨가 다시 혜리를 찾았을 때는 이미 살인이 벌어진 후였을 거예요. 거기서 최석태 씨는 송군호의 시체를 발견했어요. 혜리가 죽였을 게 확실한 시체를."

"증거는?"

"모르시겠어요? 저 손톱이 증거가 될 거예요. 유전자 검사를 하면 혜리의 유전자가 나올 거예요."

"그럼 검사하고 와."

미령은 생각했다. 유전자 감식을 하는 데 시간이 얼마나 걸렸더라? 유전자가 나와도 비교군이 필요하다. 혜리의 유전자 채취 동의를 하지 않으면 영장이 나오는 데까지도 시간을 벌 수 있다. 혜리의 유전자와 손톱에서 나온 유전자의 동일성을 확인하는 데는? 그사이에 무엇을 해야 하지?

채은호는 테이블 위에 작은 물건 하나를 내밀었다. 강 팀장에게 돌려받은 USB였다. 안에 혜리의 영상이 담겨 있었다. 송군호에게 협박당해 혜리를 꼼짝 못 하게 만든 영상. 계속해서 영상이 찍히고 인터넷에 퍼져나가고 있었던 것을 미령은 알지 못했을 것이다.

"여기에 혜리 영상이 있어요. 그동안 송군호가 혜리를 불러낼 때마다 찍은 영상을 음란 사이트에 팔고 있었어요."

미령의 몸이 휘청했다. USB를 내려다보는 눈에서 피가 터져 나올 듯했다. 관자놀이의 심줄이 툭 불거졌다. 아랫입술을 터뜨릴 듯 깨물었다.

"최석태 씨는 몰랐을 거예요. 혜리가 이런 일을 당하고 있었다는 걸요. 몰랐으니까 송군호에게 죄책감을 가졌겠죠. 선배, 이거면 정상 참작 받을 수 있어요. 혜리 자수시키셔야 해요."

"우리 혜리는 아냐. 돌아가."

"선배."

"돌아가!"

비명처럼 솟구친 미령의 목소리가 공기를 갈랐다. 그것과 동시에 유리 깨지는 소리가 들렸다. 미령과 채은호는 반사적으로 혜리의 방 쪽을 보았다. 누가 먼저랄 것도 없이 방으로 뛰어들었다.

"혜리야!"

미령의 비명이 먼저 울렸다. 혜리는 창가에 목이 매달린 채 버둥거리고 있었다. 바닥에 깨진 유리병이 나뒹굴었다. 창틀을 밟고 뛰어내린 혜리의 발에 걷어차여 깨진 것 같았다. 목을 감고 있는 줄은 컴퓨터의 전원 선으로 추정되었다. 이미 혜리의 검은 눈동자가 뒤로 넘어갔다. 채은호는 재빨리 혜리의 흔들리는 두 다리를 끌어안고 온 힘을 다해 들어 올렸다.

"선배!"

채은호는 미령을 불렀다. 미령이 의자를 가지고 왔다. 미령은 혜리의 목에 걸린 줄을 풀려고 했지만 쉽지 않았다. 그녀의 입에서 울음 섞인 신음이 비어져 나왔다. 이를 악물고 줄을 마구잡이로 잡아당겼다. 덜커덕 소리를 내며 커튼 봉 한쪽이 뚝 떨어졌다. 미령의 몸이 바닥을 나뒹굴었다. 혜리의 몸은 채은호의 품 안에서 축 늘어졌다. 채은호가 한쪽 무릎을 땅바닥에 대고 혜리의 뺨을 치며 이름을 불렀다. 혜리의 정신은 돌아오지 않았다.

"선배, 119요!"

혜리를 품에 안은 채로 채은호가 주머니에서 휴대폰을 꺼내 미령에게로 던졌다. 미령이 버튼을 눌렀다. 떨리는 손가락이 몇 번이나 다른 번호를 눌렀다. 미령은 자신을 향해 욕지거리를 뱉으며 입술을 깨물었다. 119 번호를 누르고 통화가 연결되는 시간이 억겁처럼 느껴졌다.

"여기, 여기 빨리 출동 좀 해주세요!"

덜덜 떨리는 목소리로 그녀가 주소를 부르는 동안 채은호는 혜리를 바닥에 내려놓고 손가락을 코에 대어보았다. 숨이 느껴지지 않았다. 어깨를 쳐 다시 혜리의 이름을 불렀지만 움직이지 않았다. 그는 양손으로 혜리의 가슴을 압박했다. 구급차의 사이렌 소리가 들릴 때까지 그는 심폐 소생술을 멈추지 않았다. 땀이 목을 타고 흘렀다. 혜리는 죽어서는 안 되었다. 죽음으로 정리되는 사건의 해결은 모든 사람의 가슴에 지울 수 없는 상처만 남길 뿐이었다.

14

구급차가 도착하기 전 혜리는 자발 호흡이 가능해졌다. 채은호의 처치 덕분이었다. 하지만 혜리는 깨어나지 못하고 있었다. 구급차에 태워 병원으로 이송하는 동안 미령은 혜리의 손을 놓지 않았다. 손을 놓으면 혜리가 돌아오지 않을 거라고 생각하는 사람 같았다. 채은호는 그 옆에서 아무 말도 없이 앉아 있었다.

병원 응급실에 도착한 혜리는 곧장 응급조치를 받았다. 빨리 발견을 한 덕에 목숨을 구할 수 있었다고 했다. 산소 부족으로 뇌에 문제가 생겼을 가능성도 우려됐지만 다행히 이상 증세는 발견되지 않았다.

"간단한 검사를 했는데, 심각한 영양실조가 있네요. 어머님이 잘 좀 챙겨주십시오."

고개를 숙인 채로 미령은 아무 대답도 하지 못했다. 의사는 옆에 있는 채은호를 보았다. 그가 대신 고개를 끄덕거렸다.

"안정제를 놓아서 한동안은 잠들어 있을 겁니다. 너무 걱정하지 않으셔도 됩니다."

"감사합니다."

채은호가 인사하자 의사가 방에서 나갔다. 다인실이 없어 1인실에 들어왔지만 설령 있었대도 혜리에게는 혼자만의 공간이 필요했다.

의사가 나간 뒤에도 미령은 침묵을 지키고 있었다. 창밖에서 들어온 햇빛이 혜리의 얼굴 위에서 움직였다. 해가 점점 기울고 있었다. 어둠이 빛을 밀어내는 시간이었다. 미령의 마음도 어둠이 잠식하고 있을 터였다.

얼마나 시간이 지났을까. 도무지 깨지지 않을 것 같던 정적을 깬 사람은 채은호였다. 그는 깍지 낀 손을 무릎 위에 올려놓은 채 무거운 목소리로 말했다.

"혜리는 자신이 벌인 일을 감내하기가 힘들었던 거예요."

미령은 여전히 꼼짝도 하지 않았다. 바닥에 시선이 묶여버린 듯 고개조차 들지 않았다.

"선배, 혜리를 더 망가뜨리지 말아요."

그 말에 미령의 어깨가 움찔했다. 흙에 파묻혀 있던 시간이 길지 않았던 만큼 송군호의 손톱에서는 혜리의 유전자가 검출

될 것이다. 혜리가 체포되는 것은 시간문제였다. 자수를 해야 했다. 그러려면 미령이 혜리를 놓아주어야 했다. 오랜 시간 쌓아 올려져 있던 성벽 속에서 혜리를 끄집어내야 했다.

형사로서의 미령은 그동안 많은 안타까운 사건들을 처리해 왔다. 30년 넘게 폭행에 시달려온 아내가 남편을 죽인 사건, 가정을 파탄 낸 사기꾼이 반성도 하지 않자 그를 폭행해 뇌사에 이르게 한 사건처럼 피해자가 가해자로 바뀌어버린 사건들 말이다. 그런 일들을 처리하며 미령은 경찰로서, 한 인간으로서 그들이 자수하도록 유도했다. 물론 범죄자이지만 법의 테두리 안에서 감형받을 수 있는 여지를 놓치지 않도록 해주어야 한다고 생각했기 때문이다.

이번에는 채은호가 설득해야 했다. 형사로서가 아니라 한 어머니로서 자식을 감싸고 있는 미령을.

"내가, 뭘 잘못했지?"

한참 만에 입을 연 미령의 목소리는 예전 같지 않았다. 쉰 것 같기도 했고, 분노에 차 있는 것 같기도 했다. 채은호가 뭐라 대꾸하기도 전에 미령이 다시 말했다.

"혜리가 뭘 잘못했어?"

미령이 고개를 들었다. 그녀의 눈이 번뜩였다.

"범죄자는 송군호 그 새끼야! 그 새끼가 범죄자라고! 잘못은 그 새끼가 했는데 왜 우리 혜리가 이런 꼴을 당해야 해?"

"선배!"

"그 새끼가…… 그 새끼가 우리 혜리를……. 우리 혜리를!"

그 다음 말이 무엇인지 누구보다 채은호가 잘 알고 있었다.

송군호와 혜리는 처음부터 그런 관계는 아니었을 것이다. 그저 부모에게, 학교에 불만을 가진 아이들의 무리에서 얼굴이나 알고 지내던 관계. 지난번 학교에 찾아가 이야기를 들었던 대로 송군호는 아이들 사이에서 우상 비슷한 존재였을 것이다. 처음 송군호가 연락을 했을 때 혜리는 어쩌면 기뻤을지도 모른다. 예쁘게 차려입었을지도 모른다. 그런 혜리를 기다리고 있던 것은 예상치 못한 일이었다.

영상이 찍혔다. 혜리는 대인기피증에 걸려 학교에 나가지 못한 뒤에도 송군호의 부름만은 거절하지 못했다.

미령은 자리에서 벌떡 일어섰다. 불안한 사람처럼 병실을 오갔다. 양손으로 얼굴을 쓸어내렸다. 그러고는 잠에 빠진, 그래서 차라리 편할 딸의 얼굴을 응시했다. 돌연 채은호에게로 시선을 돌렸다.

"그럼 내가 어떻게 해야 됐던 거야? 2년 전에, 그렇게 상처 입은 내 새끼를 데려다가 내밀었어야 해? 내 새끼가 어떤 피해를 당했는지 세상에 다 밝혔어야 해? 그래도 그 새끼는 벌을 안 받잖아. 내 새끼만, 내 새끼만 사람들 머릿속에서 벗겨지고, 까발려지고, 불쌍한 애 되는 거잖아. 아니, 불쌍한 애가 되는 거면 차라리 낫지. 다들 그럴 거야. 그러게 왜 남자애가 그런 곳으로 부르는데 나가? 그러게 왜 그렇게 입고 다녀? 그러게 왜 그런 애랑 어울려? 누구보다 내가 잘 알잖아.”

미령은 평온한 얼굴로 누워 있는 혜리를 응시하며 갈라진 목소리로 계속 말을 이어갔다.

“아이가 학교를 못 다녀도 곧 좋아질 거라고 생각했어. 차라리 송군호든 누구든 안 보면 나아질 거라고. 학교 따위야 아무래도 좋다고 난 생각했단 말이야. 아무도 만나지 않으면 스스로 언젠가는 일어날 거라고 생각했어. 아무 일도 없었다고 생각할 수 있을 거라고. 그래서 나부터 일상을 찾으려고 했던 거야. 그런데……”

그런데도 혜리는 조금도 좋아지지 못했다. 오늘의 일이 바로 그걸 증명했다. ‘널 위해’ 했던 일은 조금도 아이에게 도움이 되지 못했다.

미령은 알 수 없었다. 뭘 했어야 했던 걸까. 2년 전, 상처받은 혜리를 세상에 내놓아야 했을까. 혜리는 왜.

“혜리는 왜 협박받는다고 나에게 말하지 않았던 걸까.”

미령이 낮게 중얼거렸다.

혜리가 눈을 떴을 때, 그곳에는 어둠뿐이었다. 어쩌면 죽은 건지도 모른다고, 그래서 생각했다. 이런 것이 죽음이라면 차라리 좋았다. 몸은 편했고, 어둠은 두렵지 않았다. 이제 두 번 다시 아무것도 두려워하지 않아도 된다고 생각하니 마음이 가벼웠다. 방으로 숨어들지 않아도 되고, 끌려 나가지 않아도 되었다. 숨길 것도, 지킬 것도 없다. 그냥 이렇게, 어둠 속에서 가만히 있기만 하는 것이 죽음이라면 그녀는 기쁠 것 같았다.

하지만 서서히 암순응되는 시야는 그녀가 죽은 것이 아님을 알려주었다. TV가 있었고, 창에는 커튼이 쳐져 있었다. 천장을 보다가, 병실인 것을 깨달았다. 왜 죽지 않았을까. 죽은 거면 차라리 좋았을 텐데. 그런 생각을 할 때에 미령이 보였다. 불도 켜지 않은 채로 미령은 침대 옆 보호자 의자에 앉아 있었다.

잠든 것도, 다른 데에 정신을 팔고 있지도 않았다. 어둠이 온 지도 모르는 사람처럼 가만히 앉아 자신을 바라보고 있었다. 눈을 뜬 것을 알아차렸을 텐데도 괜찮냐며 달려들지 않았다. 전처럼, 아무 일 없었던 거라고 말하지도 않았다.

"왜 그랬어?"

어둠 속에서 미령의 목소리가 날아왔다. 목소리가 사막처럼 갈라져 있었다. 천장을 보았다. 다시 잠이 들면 좋겠다고 생각했다. 아무것도 보이지 않고 들리지 않던 때가 차라리 좋았다.

"왜 말하지 않았어?"

"뭘?"

"그 자식이 널 협박하고 있었던 거. 네가 그 자식한테…… 끌려다니고 있었던 거."

"말하면?"

"뭐?"

"말하면 어떻게 되는데?"

혜리가 천천히 일어났다. 어깨까지 덮여 있던 이불이 배 아래로 흘러내렸다.

"아무 일도 없었던 거라고……. 일상으로 돌아가면 되는 거라고?"

미령은 심장이 옥죄는 듯한 고통을 느꼈다. 2년 전 그녀가 했던 그 말, 미령은 분명 위로가 될 거라고 생각했다. 모든 것을 잊게 할 수는 없어도 극복하는 데 힘이 될 수는 있다고 생각했다. 그것이 아이를 위한 길이라는 데에 의심의 여지가 없었다. 하지만 아이는 말하고 있었다. 아니라고. 미령은 여전히 혼란스러웠다. 아이의 상처를 세상에 드러냈어야 한단 말인가. 아이에게 묻고 싶었지만 차마 그럴 순 없었다. 대신 혜리의 질문이 날아들었다.

"그때 일상을 지키고 싶었던 건 나야?"

미령의 턱이 덜덜 떨렸다.

미령이 그렇게 말했던 것은 거의 주문이나 다름없었다. 아무 일도 없었던 거라고. 우리는 일상으로 돌아가자. 미령이 받은 충격도 상상 이상이었다. 하지만 그걸 아이 앞에서 티 내면 안 될 것 같았다. 자신부터 일상으로 돌아가야 한다고 다짐했다. 아이의 앞에서 전전긍긍하며 눈치를 보면 상처를 더욱 깊이 벌리는 일이라고 여겼다. 아무렇지 않게 행동했다. 경찰서에도 그대로 출근했다. 이사를 가면, 학교를 그만두면 좋아질 일이라고, 혜리가 나이를 먹으면 괜찮아질 거라고 생각했다.

"난 아니었어. 근데…… 엄마 일상을 깨면 안 될 것만 같았어."

미령은 말도 안 되는 소리라고 항변하고 싶었지만, 순간 떠오르는 며칠 전의 기억이 그녀의 입을 막았다.

'아무 말도 안 하고 이렇게만 있으면 다야? 지금 엄마 입장이 어떤 줄이나 알아?'

'그러게 왜 그따위로 살아서 그런 일을 당했어! 왜……'

혜리는 이미 알고 있었다. 엄마가 자신의 구원이 되어주지 못한다는 사실을.

"내가 죽으려고 했어."

미령이 고개를 들고 담담히 말하는 혜리를 보았다. 커튼 너머에서 들어오는 빛이 혜리의 눈동자 위에서 일렁거렸다.

"죽어야 끝난다고 생각했어. 그 자식 앞에서 죽어버리자고, 그렇게라도 복수해야 한다고 생각했어. 그래서 칼을 가지고 나갔어. 칼을 꺼내니까 그 자식이 웃더라. 미친 새끼. 할 수 있으면 해보라고, 찔러보라고 날 막 비웃었어. 심장이 터질 것 같았어. 정신을 차리고 보니까 내가 쥔 칼이 그 새끼 목에 박혀 있더라고."

미령은 숨이 찼다. 혜리가 그만 말해주기를 바랐다. 전부 다 들으면 자신이 감당할 수 없을 것 같았다. 모든 것을 알게 되면 더 이상 딸을 지킬 수가 없을 것만 같았다. 생각만으로도 그건 공포였다.

"한번은 제정신이 아닌 채였어. 그런데 한 번 더……. 맞아. 한 번 더 찔렀을 때는 분명히 의식하고 있었어. 죽으라고, 그렇게 빌면서 찔렀어."

송군호의 시신에서는 목과 복부, 두 개의 자상이 발견되었다.

"숨이 끊어진 그 자식을 보고서야 정신이 돌아왔어. 그제야 보이더라. 웬 할아버지가 날 보고 있었던 걸. 잡힐 거라고 생각했는데 달려든 할아버지가 칼을 뺏더니 온 벽에 자기 손을 문질렀어."

미령은 고통스러운 듯 눈을 지그시 감았다가 떴다. 속눈썹의 떨림이 멈추지 않았다.

"무서웠어. 정신없이 집으로 도망쳐 왔는데, 조금 있다가 누가 초인종을 막 눌렀어. 대답도 안 하고 문도 안 열어주려고 했는데 자기가 내 할아버지래. 난 할아버지가 있는 줄도 몰랐는데 말이야. 그런데 그러더라고. 다 봤다고. 자기가 다 해결하겠다고."

혜리는 자조하듯 웃었다.

"난 그런 거 안 믿어. 자기가 뭘 해결해? 이미 끝장난 내 인생을 누가 해결해줄 수 있어? 근데 나도 미친년이지. 그 말을 듣는 순간 문을 열고 있더라고. 웬 할아버지가 온몸에 피를 묻히고 서 있었어."

죽어 있는 송군호의 피를 온몸에 묻혔을 최석태의 모습이 미령의 머릿속에 떠올랐다.

"미친 사람처럼 나한테 달려들어서 내 어깨를 쥐고 흔들었어."

'넌 아무 죄도 안 지은 거야.'

그때 사람들이 뛰어 올라오는 소리가 들렸다. 최석태는 혜리를 방으로 끌고 들어가 침대에 내동댕이치고 그 위를 덮쳤다.

"무서웠어. 그 새끼가 생각났어. 미친 듯이 발악하는데 엄마랑, 경찰들이 들어온 거야. 할아버지가 내 귀에 대고 속삭였어. 잘했어, 라고."

그렇게 혜리는 다시 방으로 숨어들 수 있었다. 혜리의 범행을 눈치챈 미령도 일을 그대로 덮으려 했다. 20년이었다. 20년이나 인연을 끊었던 아버지, 성폭행당한 엄마를 더럽다고 했던 아버지였다. 폐가에서 남자를 만난 혜리에 대한 생각 역시 같았을 것이었다. 그런데도 혜리의 죄를 덮어쓴 건 앞뒤가 맞지 않았다. 그래도 그걸로 됐다고 생각했다. 엄마를 죽음으로 몰아넣은 아버지지만, 손녀에 대한, 핏줄에 대한 정은 있어서 그런 건지도 모른다고 생각해 넘겼다. 우리가, 혜리와 자신이 무사하면 그걸로 된 거라고 생각했다.

"엄마."

혜리가 그녀를 불렀다. 미령이 고개를 들었다. 혜리가 그녀의 눈을 곧게 응시했다. 근 2년간 없었던 일이었다. 얼마 만에 혜리 눈을 제대로 들여다보는지 모르겠다고, 맥락 없이 생각했다.

혜리가 말했다.

"그럼 된 거지?"

"……."

"난 아무 일도 안 당했고, 아무 일도 안 저질렀어. 그럼 이제 된 거지?"

미령은 아무 대답도 할 수 없었다. 이 질문은 결국 '엄마는 그래도 된다고 생각해?'라는 의미였으므로.

채은호가 경찰서로 복귀하자 강 팀장이 긴장된 얼굴로 자리에서 일어섰다. 분명 애타게 기다리고 있었음에도 채은호가 그의 책상 앞까지 가는 동안, 강 팀장은 먼저 아무것도 묻지 않았다.

채은호는 주머니에서 송군호의 손톱이 든 증거 수집 봉투를 꺼내 그에게 내밀었다.

"최 형사는?"

채은호가 고개를 저었다.

"알아낸 건 다 말씀드렸습니다."

"이제는 최 형사의 몫이군."

강 팀장의 눈이 바닥으로 내려앉았다.

"손톱에 남은 유전자 채취, 의뢰하겠습니다."

강 팀장이 쓰게 웃으며 고개를 끄덕였다. 채은호는 증거 수집 봉투를 들고 자신의 자리를 향해 돌아섰다. 검사 결과가 나오는 동안 자수하지 않으면 체포할 수밖에 없었다. 그때였다. 채은호의 휴대폰이 울렸다. 모르는 전화번호였다. 통화 버튼을 누르자 수화기 너머로 다급한 목소리가 전해졌다.

"여기 병원인데요. 민혜리 양 보호자가 오지 않으셔서요. 자살 기도 환자라 혼자 있으면 안 될 것 같은데. 응급실 기록에 남은 연락처 보고 전화드렸어요."

휘둥그렇게 떠진 채은호의 눈이 강 팀장의 눈과 부딪혔다.

15

"간호사 경력 15년에 이런 일은 또 처음이네요."

입원실이 있는 층으로 채은호가 올라가자 너스스테이션에 있던 간호사가 그를 알아보고는 자리에서 일어났다. 그녀는 채은호와 함께 곧장 혜리의 병실로 향했다.

"열쇠는 가져오셨죠?"

병실에 도착한 간호사가 다시 한번 확인하겠다는 듯 묻고는 문을 열었다. 채은호는 안을 들여다보았다. 혜리가 침대에 앉아 창밖을 내다보다가 얼굴을 돌렸다. 그녀의 눈빛에는 아무것도 들어 있지 않았다. 무덤덤한 얼굴로 채은호를 보는 혜리의 손에는 수갑이 걸려 있었다. 수갑의 다른 한쪽은 침대 철제 프레임에 걸려 있었다. 혜리의 자살 시도를 막기 위해 한 것 같았다.

"보호자는 어디로 가셨는지 모르시구요?"

전화로 상황은 전해 들었지만 채은호는 형식적으로 다시 물었다. 미령이 사라진 것은 채은호가 다녀간 뒤였다. 혜리의 손에 수갑이 채워져 있는 것을 체온을 체크하려고 돌던 간호사가 발견했다. 이후 채은호에게 연락이 취해진 것이다.

간호사는 부루퉁하게 대답했다.

"저희가 알았으면 보내드리지도 않죠."

틀린 말은 아니다. 채은호는 간호사에게 살짝 고개를 숙였다. 간호사 역시 고개를 숙여 인사를 하고는 병실을 나갔다. 어떻게든 알아서 하라는 태도였다. 문을 닫고 돌아서자 창밖으로 다시 시선을 던진 혜리의 뒤통수가 보였다. 자신을 향해 무슨 말을 하든지 관심이 없는 것 같았다. 수갑이 걸린 현재 상태에 크게 반발하고 있는 것 같지도 않았다. 채은호는 주머니에서 열쇠를 꺼냈다. 경찰에겐 어떤 수갑이든 열 수 있는 열쇠가 주어졌다. 하지만 손을 풀어주는 것만으로 채은호의 일은 끝나지 않았다. 혜리가 다시금 자살을 시도하지 못하게 하기 위한 조치를 취해야만 했다. 혜리에게 수갑을 채우고 가며, 이것을 본 간호사가 어디로 연락할지 미령은 훤히 그리고 있었을 것이다. 결국 미령은 채은호에게 혜리를 맡기고 간 셈이다. 채은호는 수갑을 풀어낸 뒤 혜리와 창문 사이에 끼어들었다.

"엄마, 어디로 가셨는지 혹시 아니?"

"……."

혜리의 입술은 열리지 않았다. 검은 눈동자로 채은호를 물끄러미 볼 뿐이었다.

"너한테 아무 말도 안 하셨어?"

"……."

채은호는 나직이 한숨을 쉬었다. 언제까지고 여기에 있을 수만은 없었다. 그렇다고 다시 수갑을 채워놓을 수도 없는 노릇이었다. 미령이 갑자기 사라진 것은 일찍 돌아오지는 않으리란 뜻이었다. 한동안 민혜리를 주시하고 봐줄 간병인을 구해야 했다.

침대 옆 철제 의자에 털썩 앉은 채은호는 휴대폰을 켜서 간병 인력 회사 검색을 시작했다. 업체가 많았다. 일단은 영인시에 위치해 있는 회사가 나을 것 같았다. 물론 24시간 간병을 해주어야 한다. 한 업체의 웹사이트가 떴다. 홈페이지에 들어가니 누가 봐도 친절해 보일 만한 모델이 간병인복을 입고 상담 전화번호를 양손으로 떠받들고 있었다. 메뉴 카테고리에 간병비 간단 계산이라는 항목이 보여 클릭했다. 간병 기간을 입력해야 했다. 미령이 어디에 갔는지 알 수 없었기에 며칠이라고 입력해야 할지 고민하느라 머뭇거렸다.

"아저씨."

고개를 들었다. 채은호는 순간 자신이 잘못 들었다고 생각했다. 혜리가 한 말이라는 사실을 깨달은 것은 두 사람의 시선이 마주쳤을 때였다. 멍하니 채은호가 보자 혜리가 말했다.

"살인은 몇 년이나 나와요?"

　같은 시각, 미령은 버스 터미널에 있었다. 발권기에서 세천시로 가는 표를 끊었다. 평일이라 빈자리가 많았다. 버스는 20분 뒤에 출발 예정이었다.

　미령은 화장실에 갔다. 요의는 느껴지지 않았지만 일단 바지를 내리고 변기에 앉았다. 세천시까지는 세 시간가량 걸렸다. 중간에 쉬지 않기 때문에 화장실에 들르는 편이 나았다. 앉아 있는 채로 가방을 열어 휴대폰을 꺼냈다. 휴대폰은 그녀가 꺼놓은 그대로였다. 켜볼까 하다가 그만두었다. 걱정되는 것은 많았지만, 그렇기에 아무것도 확인하지 않는 편이 나았다.

　세천시로 가는 버스는 7번 홈에서 타야 했다. 주변을 둘러보며 7번 홈에 도착했다. 그때까지 아무도 말을 걸지 않았다.

　강 팀장이나 채은호가 자신을 수배할 거라는 생각이 들지는 않았다. 혜리가 진범임을 알면서도 아버지의 하의에서 발견된 흙의 성분 분석 결과가 나오기 전까지 체포를 미뤄준 것만 봐도 시간을 주었다는 뜻으로 이해할 수 있었다. 채은호는 이미 혜리의 비밀을 모두 알았다. 증거도 뚜렷했다.

　지금 상황에서 혜리가 처벌을 받으리라는 것은 명백하다. 그렇게 되기 전에 그녀는 확인해야 하는 것이 있었다. 이해해야 하는 것이 있었다. 시간이 필요했다.

그들이 혜리를 혼자 두지 않으리라는 믿음이 있었다. 아직까지는 그런 믿음이 어느 정도 맞는다는 사실을 알 수 있었다.

내일까지도 자신과 연락이 닿지 않는다면 채은호는 미령의 위치를 추적할 수도 있었다. 제3자가 생각하기에 자신이 극단적인 선택을 할 가능성이 충분한 사람으로 보일 법했다. 하지만 미령은 그럴 생각이 없었다.

그녀는 지금 이해되지 않는 것을 납득하기 위해 떠나고 있었다.

아버지는 정말로 사죄를 위해 무릎을 꿇었던 걸까? 혜리의 유전자가 남아 있을 송군호의 손톱을 묻은 앞에서? 더럽다고 생각했다면 그럴 리가 없었다.

미령은 체포된 아버지가 묵비권을 행사하고 있다는 것을 알았을 때도, 단순히 수치스럽기 때문이라고 생각했다. 자신의 손녀가 한 짓을 입 밖으로 꺼내느니 범죄자가 되는 편이 나을 거라고 판단했기 때문이라고. 아버지는 그런 사람이니까.

하지만 이제 와서 그런 게 아니라고?

20분이 지난 뒤 그녀는 세천시로 향하는 버스에 무사히 올라탔다. 버스가 달리기 시작한 후 30분 만에 영인의 도심을 벗어났다. 고속도로에 진입하면서 산과 나무와 영인 시내가 빠르게 뒤로 물러났다.

미령은 혀로 마른 입술을 축였다. 영인을 점점 벗어날수록, 세천시로 가까워질수록 마음이 서걱거렸다. 그녀는 평생 영인을 떠나지 않을 거라고 생각했다. 두 번 다시 세천시로 갈 마음도 없었다. 그러나 그녀는 제 발로 세천시로 향하고 있었다. 운명이라면 피할 수 없다는 것을 알았기에, 그녀는 벗어나기 위해 버둥거리지 않을 생각이었다.

세천시 시외버스터미널에 도착하자마자 출구를 따라 밖으로 나갔다. 곧장 택시 정류장이 보였다. 길게 늘어선 택시 줄은 나른한 오후의 햇살 아래에서 손님을 기다리고 있었다. 미령의 뒤로 택시를 타기 위한 사람들의 빠른 발놀림 소리가 들려왔다. 미령은 급한 사람들을 먼저 보냈다. 몇 대의 택시가 나가고 미령의 앞에 차가 한 대 섰다.

"세천동 주민센터로 가주세요."

"네."

세천시 사람들 특유의 억양으로 대답한 택시 기사가 차를 부드럽게 몰았다. 택시에서는 세천시 지역 뉴스가 방송되고 있었다. 재개발과 관련된 뉴스였다. 재개발 구역 해지 찬반 투표에서 주민들의 반대표가 많아 10년 동안 추진되어온 계획이 무산될 위기라고 했다. 택시 기사가 볼륨을 높였다. 미령은 창밖으로 시선을 던졌다.

잠시 후 세천동 주민센터 앞에 택시가 멈춰 섰다. 미령은 차에서 내려 주변을 둘러보았다. 어릴 적의 기억과는 완전히 달라져 있었다. 이미 세천동은 도시화가 시작되고 있었다. 아파트 단지가 여러 군데 형성돼 있었고, 새로 지은 주민센터 역시 번듯한 외양으로 자리를 차지하고 있었다. 도시를 재정비하는 중이어서인지 여기저기서 공사 소음이 들려왔다.

주민센터 바깥에 있는 무인 발급기 부스 안으로 들어섰다. 미령은 주민등록초본 버튼을 선택했다. 주소지 이전 기록까지 모두 인쇄되도록 설정했다. 지문을 인식하고 1,000원짜리 지폐를 투입하자 인쇄되는 소리가 들렸다. 기다리는 동안 가슴 어딘가가 일렁거렸다. 기대도 불안도 아니었다. 알 수 없는 감정이었지만 피할 수 없는 것은 확실했다.

출력된 주민등록초본에는 미령이 살던 세천시의 주소가 그대로 남아 있었다. 미령은 이번엔 건축물대장 버튼을 클릭했다. 초본에 남아 있는 주소를 입력하자 화면에 건축물 목록이 떴다. 미령에게 악몽이 되어버린 그 집은 아직 존재하고 있었다. 세천동 일대의 재개발을 하면서 도로에 편입되거나 아파트가 지어진 것은 아닌 모양이었다. 건축물대장을 출력했다.

건축물대장에는 이전 소유자들의 내역이 그대로 드러나 있었다. 미령이 살던 30년 전의 소유자는 백천수였다. 미령은 그 이름을 물끄러미 보았다. 이상하게도 분노가 일지는 않았다. 대신 등줄기에 신경이 곤두섰다. 이 이름이었다. 그녀의 인생을 망쳐버린 사람, 어머니의 목숨을 날려버린 사람.

형사가 된 이후에 이 사람이 떠오르지 않았던 것은 아니었다. 알아내고자 마음먹었으면 이렇듯 쉽게 알아낼 수 있었다. 하지만 이 이름으로부터 떠나고 싶었다. 자유롭고 싶었다. 모든 것을 잊고 싶었다. 무엇보다 미운 것은 이 사람만이 아니었다.

진실은, 백천수만큼이나 알고 싶지 않았으나 이제는 피할 수 없다는 생각이 들었다.

그 집은 다른 사람의 명의로 되어 있었다. 미령은 남자의 이름과 주소를 수첩에 적고 등기부 등본과 초본을 찢어 도로 가에 있는 쓰레기통에 쑤셔 넣었다. 어깨에 멘 가방에 수첩을 넣고는 주민센터 안으로 들어갔다.

"안녕하세요. 은파서에서 나왔습니다."

주민센터 안으로 들어간 미령은 잠시 내부를 둘러보다가 주소 이전을 담당하는 직원 앞으로 가 경찰 신분증을 꺼내 보였다. 남자 직원이 조금 긴장되는 얼굴로 자리에서 일어섰다. 그의 목에 걸린 신분증에 신정민이라는 이름이 찍혀 있었다.

"무슨 일이신데요?"

서른 초반 정도 됐을까? 그는 약간은 경계하는 시선으로 미령을 훑었다.

미령은 신분증을 다시 주머니에 넣고 가방을 열어 수첩을 꺼냈다. 몇 장을 넘겨 조금 전 적어 넣은 백천수의 이름과 주소를 마치 미리 준비해 온 것처럼 펼쳤다. 미령은 주소와 이름이 좀 더 잘 보이도록 수첩을 쫙 펼쳤다.

"30년 전 여기 살았던 사람인데요. 현재 주소를 좀 확인해주 시죠. 사건 관련 인물입니다."

신정민이 잠깐 멍한 눈길로 미령을 보았다. 형사라면 사건 관 련자의 주소쯤 전산에서 확인 가능하지 않나 하는 물음이 그의 눈빛 위로 스치는 것 같았다. 물론 경찰 전산망을 이용한다면 확인할 수 있을 터였다. 하지만 개인적으로 경찰 전산망을 이용 할 수는 없었다. 알려지면 강 팀장에게 문제가 될 수도 있었다.

미령은 아무 말도 하지 않은 채 신정민을 보았다. 신정민은 잠 깐 미령을 응시했을 뿐, 곧 제자리에 앉아 뭔가를 조회하기 시작 했다. 그는 메모지를 두 장 꺼내 각각 뭔가를 적어 미령에게 내 밀었다.

"말씀하신 백천수 씨의 현주소입니다. 그리고 이건 저희 팩스 번호인데요."

미령이 그를 보았다. 신정민이 어색하게 웃었다.

"사건에 필요하다는 자료 협조 요청 공문 한 장 보내주십시 오. 혹시 몰라서요."

"알겠습니다."

미령은 웃으며 메모지 두 장을 주머니에 넣었다. 자료 협조 요청 공문은 팩스로 넣어줄 수 없지만 그가 곤란해지는 일은 없을 것이었다. 백천수가 자신의 주소를 어찌 알았느냐고 물고 늘어질 리는 없다고 미령은 확신했다. 그가 인간이라면 말이다. 남의 인생을 엉망으로 만들어버린 성폭행범이 자신의 죄를 사방팔방 알려가며 문제 제기할 일은 벌어지지 않을 것이었다.

백천수는 아직도 세천시에 살고 있었다. 어떤 얼굴이 되었을까? 무슨 생각으로 살고 있을까? 30년 전 일을 기억이나 하고 있을까? 모두 잊고 살지는 않을까? 그런 생각이 들면서 미령은 자신이 형사의 신분으로 찾아오지 않은 것을 다행스럽게 생각했다. 만약 그랬다면 그의 머리통에 대고 리볼버의 방아쇠를 당기지 않을 자신이 없었기 때문이다.

미령은 도로를 지나가는 택시를 향해 손을 들었다.

적어도 백천수의 인생은 망가지지 않았다는 것을 알 수 있었다. 택시에서 내려 자신의 눈앞에 있는 건물의 주소와 주민센터에서 적어 온 주소를 비교해본 순간 미령은 불같은 화가 치밀었다. 2층의 건물은 담 너머로 그녀를 내려다보고 있었다. 대문이 위압적으로 높았다. 물론 세천시의 부동산 시세가 대단히 높지는 않겠지만, 백천수는 꽤나 안락한 삶을 살고 있었다.

지금은 잘 달지 않는 문패에 백천수의 이름이 쓰여 있었다. 초인종을 눌렀다.

—누구세요?

나이가 지긋한 여성의 목소리였다.

"백천수 씨 만나러 왔습니다."

—지금 집에 안 계시는데요.

여기까지 택시를 타고 오면서 생각하지 않았던 상황은 아니었다. 미령은 승부를 걸어보기로 했다.

"근무처로 가면 만나 뵐 수 있을까요?"

미령이 얼추 계산해본 백천수의 나이는 60대에서 70대 초반이었다. 30년 전의 백천수는 그녀가 알기로 직장인이 아니었다. 샐러리맨이었다면 충분히 은퇴했을 나이지만 그는 사업을 하고 있을 것 같았다. 사장이든 직원이든 간에 근무지라는 표현은 유효할 것이었다. 만약 일하지 않고 있다면 임기응변으로 적당히 넘길 생각이었다.

인터폰 너머는 잠깐 조용했다.

—잠시만요.

인터폰에서 달각거리는 소리가 났다. 수화기를 내려놓는 소리일 거라고 생각했는데 역시나 잠시 뒤 슬리퍼를 끄는 소리가 들려왔다. 안에서 여자가 나오는 것 같았다. 누군지는 알 수 없지만 왜 온지도 모르는 여자를 '근무처'로 보내느니 일단 찾아온 이유를 알아야 한다고 생각할 거라는 판단이 들어맞았다.

"무슨 일이신데요?"

여자는 미령을 위아래로 훑어보았다. 미령은 여자의 얼굴을 가만히 들여다보았다. 어린 시절의 기억을 그녀의 얼굴 위에 떠올렸다. 여자는 미령을 알아보지 못하는 것 같았다.

하지만 미령 역시 여자의 주름 켜켜이에서 30년 전의 얼굴을 찾아내기 힘들었다. 어린아이가 성인이 되면 알아보지 못하는 것은 당연하지만 4,50대의 여자에게 흐른 30년은 큰 변화를 가져오지 않을 터였다. 미령이 알고 있는 백천수의 아내와는 다른 사람이었다. 30년 전 백천수 역시 이혼을 당한 걸까. 재혼을 한 건지도 모른다.

미령은 경찰 신분증만 내보였다. 명함은 주지 않았다. 신분증을 내밀면 이름보다는 경찰이라는 사실에 더 신경이 갈 것이었다. 아직은 백천수가 자신이 찾아왔다는 것을 알면 안 된다고 판단했다.

"무슨 일이시죠?"

백천수 아내의 얼굴에 긴장감이 역력했다.

"별일은 아니고요, 사건 관련으로 확인 차 방문드리는 겁니다."

"사건이라니."

여자가 뺨에 손을 가져다 대었다. 둘러대는 거라고 생각할 수 없게끔 미령이 침착한 어조로 대답했다.

"직접 사건에 연관되신 건 아니니 안심하셔도 됩니다. 다른 건 아니고, 부군께서 판매하신 물품에 관해 확인하려는 것뿐입니다. 그보다 저희가 알고 있는 회사 주소와 같은지 확인하려는데 지금 사업체 주소가 성체동이 맞습니까?"

"아뇨. 거기 아닌데요. 주소가……."

여자는 친절히 주소를 불렀다. 미령은 빠르게 받아 적었다.

그녀는 주소를 적고 다시 한번 여자를 안심시켰다. 그래도 여자는 미령이 돌아간 후 백천수에게 전화를 걸어 경찰이 왔음을 알릴 것이었다. 상관없었다. 사건 관련자가 아니라고 했으니 백천수는 궁금해하며 기다리고 있을 것이다. 30년 전 일 때문이라는 것은 상상도 하지 못한 채 말이다.

미령은 인사를 한 뒤 도로변으로 나와 다시 택시를 잡았다. 이제 곧 백천수를 만날 수 있을 것이었다.

16

"상태가 많이 안 좋습니다. 진통제를 주고는 있지만 그다지 도움이 되지 않는 상태예요."

은파구치소를 찾은 채은호를 조사실로 안내하며 보안과장이 말했다. 50대로 보이는 그는 구치소 보안과장이라는 직함에서 오는 이미지와는 다르게 서글서글한 눈매를 하고 있었다. 주름진 미간에서 최석태를 진심으로 걱정하는 것이 느껴졌다.

"형집행정지라도 신청해야 하는 것 아닌가요?"

채은호가 물었다. 보안과장은 잠시 머뭇거리다가 그의 맞은편 자리에 앉았다.

"형집행정지를 요청하려면 의무관의 진단서가 있어야 하는데 최석태가 진료 자체를 거부해요. 가족분이라도 오셔서 설득해주셨으면 하는데……. 한 번도 안 오시네요."

그는 최석태의 가족이 현직 형사라는 것은 모르고 있었다. 다만 가족 간에 뭔가 사정이 있다는 정도는 눈치채고 있는 것 같았다. 수십 년을 구치소에서 일해왔으니 별의별 사연을 다 접했을 것이다. 채은호가 말했다.

"제가 알기로는 이제 어떤 치료도 효과가 없다고 해요. 아마 본인도 그걸 알아서 더할 겁니다."

"그건 저도 알고 있어요. 그래도 저렇게 죽어도 될까요? 통증 관리가 전혀 안 된다는 건 그 고통을 그대로 느끼면서 죽어야 한다는 거예요. 형사님께서 가족분들과 연락이 되시면 한번 찾아오기만이라도 하도록 설득해주세요."

채은호는 무슨 말을 해야 할지 알 수 없었다. 잠자코 있는 그를 보던 보안과장이 말을 이었다.

"여기서 정말 많은 인간들을 봤습니다. 어쩔 수 없이 범죄를 저지른 사람도 있었고, 정말 믿을 수 없을 정도로 뼛속까지 악한 인간들도 봤죠. 겉으로는 착한 척해도 시커먼 속내를 감추고 있는 인간도 있고요. 제가 본 최석태 씨는……."

그는 뭐라고 말해야 할지 모르겠다는 듯 잠시 말을 멈추었다. 채은호는 그의 말을 기다렸다. 보안과장은 크게 숨을 들이쉬며 채은호와 시선을 마주했다.

"사형수 같아요. 빨리 자신을 죽여주길 바라는 사형수요. 아무 말도 하지 않고, 모든 고통을 다 받아들이고, 이대로 죽기만을 바라는 사람요."

그는 모든 것을 자신이 끌어안고 세상에서 떠나고 싶은 것이라고 채은호는 생각했다. 죽은 자에 대한 죄책감까지도. 그리고 죽인 자가 받아야 할 벌까지도. 그래서 그는 자신을 고통 속에 내버려두는 것이다. 자신이 모든 힘을 다해 고통을 쥐고 있지 않는다면 할아버지의 얼굴조차 모르는 손녀에게 그 벌이 전해지기라도 할까 봐서.

선뜻 입을 열지 못하는 채은호를 이해한다는 듯 보안과장은 고개를 끄덕이며 자리에서 일어났다.

"모시고 오겠습니다. 괜찮으시다면, 설득이라도 한번 해주세요."

보안과장이 나가고 채은호는 조사실에 혼자 남았다. 온통 하얀 벽으로 막힌 조사실에 앉아 문득 허무함을 느꼈다. 나쁜 사람은 처벌한다, 라는 사명감을 가지고 형사가 되었다. 숨겨진 진실은 반드시 밝혀져야 한다고 생각해왔다. 지금은 뭐가 뭔지 알 수가 없었다.

최석태는 죽을 것이다. 자신은 지금 최석태가 마지막 남은 생명을 바쳐 지키려 하는 것을 깨어버리려고 하는 중이다. 채은호는 자신의 신념이 흔들리는 소리를 듣고 있었다. 도저히 가만있을 수 없는 기분이 되어 그는 벌떡 일어섰다. 이 자리를 피하고 싶은 생각이 들었다. 하지만 그렇게 하지 못했다.

문이 열리고 보안과장이 최석태를 데리고 들어왔다.

최석태는 눈에 띄게 달라져 있었다. 밖에서 봤다면 알아보지 못했을지도 모른다. 수용복 안쪽으로 쇄골 뼈가 툭 불거져 있었다. 눈은 퀭했고 광대뼈가 돌출되어 있었다. 하얗게 갈라진 입술 곳곳에 피딱지가 맺혀 있었다. 시간이 다른 속도로 흐르는 공간에 살다 온 사람처럼 그는 부쩍 늙어 보였다.

보안과장은 그를 부축해 자리에 앉히고는 조사실에서 나갔다.

최석태의 양손에는 수갑이 채워져 있었다. 손을 앞으로 모은 최석태는 방을 두리번거리지도 않고 가만히 책상의 어느 한 지점을 응시했다. 그의 눈이나 몸, 그 어디에도 삶의 의욕은 보이지 않았다.

"왜 진료를 안 받으시는 겁니까?"

"재판은 언제 받나요?"

최석태가 천천히 고개를 들어 채은호를 보았다. 둘 사이에 잠시 정적이 흘렀다. 채은호가 말했다.

"혜리가 자살 기도를 했습니다."

최석태가 동굴처럼 퀭한 눈을 점점 크게 뜨더니 자리에서 벌떡 일어섰다. 그가 앉았던 철제 의자가 뒤로 넘어가며 굉음을 내었다. 채은호는 앉은 채로 최석태를 보았다. 최석태의 몸을 감싸고 있는 황토색 수감복이 떨리고 있었다. 당장이라도 쓰러질 것 같았다.

"혜리가 왜……."

"죽은 아이, 이름이 송군호입니다. 혜리는 그 아이에게 성폭행을 당해왔어요."

최석태의 동굴 속에서 스파크가 일었다. 동시에 뭔가 끊어진 것처럼, 최석태는 쓰러진 의자 옆으로 털썩 주저앉았다. 채은호는 그의 이름을 부르며 다급히 옆으로 갔다. 그의 팔을 잡았으나 최석태는 일어날 힘조차 없는 듯했다. 그의 눈이 황황히 조사실의 허공을 헤맸다.

최석태는 그날을 떠올렸다. 우연히 혜리가 송군호를 죽이는 것을 본 순간, 혜리가 도망가는 것을 본 순간, 혜리를 지켜야겠다고 생각했던 그 순간들을. 혜리가 범인이라는 증거라도 나올까 봐 송군호의 손톱을 뽑으면서, 이 죄는 자신의 죽음으로 갚겠다고 몇 번이고 빌었던 그 순간들과 손톱을 묻어주면서 무릎을 꿇고 사죄했던 그 순간들을.

최석태는 옆어진 채로 등을 둥글게 말았다. 생의 마지막 통증이 찾아오기라도 한 것처럼 신음을 흘렸다. 그 고통은 육신의 것이 아니었다. 그의 영혼이 찢어지고 으깨지는 고통이었다. 혜리가 왜 그 아이를 죽이려고 했는지는 생각지 않았다. 어떻게든 혜리를 숨기는 것이 그의 유일한 목적이었다. 혜리가 그런 일을 당한 것을 알았다면 송군호를 찢어 죽이는 사람은 혜리가 아니라 자신이었을 것이었다.

숨기려고만 하는 동안 혜리가 느꼈을 좌절감과 고통과 공포에 가까운 두려움이 아이를 죽음으로 내몰았다. 손녀를 보호하고자 했던 자신의 선택이 결국 아이가 극단적 선택을 시도하는 데 큰 영향을 주고 말았다. 그 사실은 그가 이전에는 느끼지 못했던 고통을 안겨주었다.

둥그렇게 몸을 만 최석태의 입에서 오열이 터졌다. 그 소리는 한 마리의 짐승과도 같았다. 그 소리를 들은 채은호는 소름이 돋았다. 송군호에 대한 짙은 분노와 혜리에 대한, 그리고 미령에 대한 깊은 죄책감이 단번에 쏟아져 나오고 있었다.

문이 거칠게 열리며 보안과장이 뛰어 들어왔다. 바닥에 널브러져 고통에 몸부림치는 최석태를 부축해 일으켰다. 최석태는 더 위태해졌다. 그는 지금 자신의 손으로 죽음 속에 뛰어들고 싶어 했다.

보안과장이 채은호를 향해 비난의 눈길을 보냈다. 하지만 채은호는 최석태에게 꼭 해야 할 말이 있었다. 보안과장에게 이끌려 나가는 최석태를 향해 채은호가 말했다.

"따님이 사라졌습니다."

최석태의 걸음이 멈추었다. 짐승처럼 일그러진 얼굴이 채은호에게로 향했다.

"곧 돌아올 겁니다. 그리고 따님은……."

채은호는 최석태를 향해 고개를 끄덕였다. 자신의 확신을 보여주고 싶었다.

"당신과는 다른 선택을 할 겁니다."

최석태의 눈에서 굵은 눈물 줄기가 흘렀다. 최석태도 어느새 고개를 끄덕이고 있었다.

백천수는 중고차를 판매하는 일을 하고 있었다. 규모는 작지 않았다. 사무실이 딸린 넓은 대지에는 수천 대의 중고차가 세워져 있었다. 그의 중고차 단지를 필리핀, 러시아, 인도네시아 등지에서 온 바이어들이 훑고 있었다. 나라별로 국민 성향에 따라 원하는 중고차는 조금씩 달랐다. 그럼에도 각자 더 좋은 중고차를 사기 위해 일부는 단지 입구에서 진을 치고 기다렸다. 입고되는 중고차를 조금이라도 더 빨리 선점하기 위함이었다.

"한국 차는 값이 저렴한 데 비해 퀄리티가 높아서 해외에서 선호도가 훨씬 높죠. 우리도 국내에 파는 것보다 훨씬 이윤이 남아요. 아, 이제 손님 나오네요. 들어가보세요."

중고 매매 단지 안을 돌아다니는 대부분의 사람이 외국인인 것을 관심 있게 보는 미령에게 중고차 딜러 한 명이 자세히 설명해주었다. 외국인들은 대부분 가방을 옆에 차고 있거나, 전대를 하고 있었는데 차를 고르면 그 자리에서 5만 원짜리를 몇 묶음씩 꺼내 값을 치렀다. 현금 다발이 그 자리에서 오가는 장면이 생경하게 느껴질수록 백천수의 윤택했을 삶이 피부에 와닿아 미령은 화가 치밀었다.

미령은 활기차게 단지 안을 돌아다니는 사람들에게서 시선을 거두고 딜러가 알려준 사무실 쪽으로 향했다. 사무실 안에서는 막 상담을 끝낸 남자가 나오고 있었다. 그 역시 중고차를 팔고 나오는 모양인지 서류 몇 장을 접어 점퍼 안쪽 주머니에 쑤셔 넣고 있었다. 남자를 지나쳐 사무실 앞으로 갔다. 노크를 하자 굵직한 목소리가 들려왔다.

문을 열고 들어서니 예상보다 왜소한 남자가 책상에 앉아 있다가 일어섰다. 반쯤 벗겨진 머리, 번들거리는 이마, 찢어진 눈. 튀어나온 배. 흔하게 볼 수 있는 중년의 남자였지만, 미령은 그를 편하게 볼 수 없었다.

"형사님이 여자였네. 무슨 일인지는 모르지만 일단 앉읍시다."

의자에서 일어난 백천수가 소파를 가리키며 걸어와 앉았다. 미령은 잠시 그를 보다가 맞은편에 앉았다. 속에서 뜨거운 것이 꿈틀거렸지만, 지금은 아니었다.

백천수는 이미 미령이 찾아올 것을 알고 있었다. 집에서 연락을 받았을 것이다.

"무슨 일입니까, 그래?"

미령이 앉자 백천수가 물었다. 존대를 하고는 있지만 말투로 미묘하게 미령을 하대하고 있었다. 형사 앞에서 당당하다고 생각해서인지, 상대가 여자라서 우습게 봐서인지는 알 수 없었다.

"저는 최미령이라고 합니다."

미령이 명함을 내밀었다. 백천수가 귀찮다는 듯 손을 내저었다.

"명함은 됐고. 바쁘니까 본론만 얘기합시다."

후, 하고 미령이 웃으며 명함을 테이블에 내려놓았다. 백천수는 소파에 기대앉아 다리를 반대 다리 허벅지에 얹었다. 그는 미령의 이름을 전혀 기억 못 하는 듯했다. 어렸으니, 그럴 만도 했다.

"최석태 씨 아시죠?"

백천수가 고개를 갸웃했다.

"누구? 최석태?"

미령은 가만히 그를 보았다. 일자로 째진 작은 눈 속에서 백천수의 눈알이 허공으로 향했다. 잠시 눈을 깜박거리며 생각하던 그는 계속 고개를 갸웃했다.

"최석태. 들어본 거 같기는 한데. 그게 누구요?"

"그럼 양숙자 씨는요?"

거들먹거리며 흔들거리던 그의 발이 멈추었다. 허공으로 향했던 눈알이 미령의 얼굴 위에 고정되었다. 정적 속에서 그는 미령을 잠시 응시했다. 곧 그의 얼굴이 일그러졌다. 그 표정만으로도 알 수 있었다. 백천수는 미령의 어머니를 기억하고 있었다. 그것이 기억인지 죄책감인지는 중요하지 않았다.

"당신 뭐야? 경찰 맞아?"

"양숙자 씨 딸입니다. 기억 안 나세요?"

"하!"

그는 테이블을 거칠게 밀며 자리에서 일어섰다. 가슴을 씨근덕거리며 머리에 손을 얹었다. 분노에 치받혀 어쩔 줄 모르겠다는 듯 사무실을 거친 걸음으로 걸어 다녔다. 미간을 찌푸리고 다시 미령을 보는 그의 눈에서는 황당하다는 기색이 역력했다.

황당하기로 따지면 고작 열두 살에 어머니를 잃은 자신만큼은 아닐 것이었다.

"네가 왜 날 찾아와? 아니, 내 집엔 왜 갔어? 무슨 소리를 했어?"

흥분으로 불콰해진 백천수의 얼굴을 보니 미령은 그나마 속이 후련한 것 같기도 했다. 자신의 존재에 눈 하나 깜박하지 않았다면 무슨 일을 저지를지 모를 일이었다. 미령은 조금 전 백천수가 그랬던 것처럼 여유롭게 소파에 등을 묻고 앉았다.

"집에 가서 무슨 소리를 했다면 제가 여기에 혼자 오지는 않았겠죠."

피식 웃으며 미령이 말했다. 백천수의 얼굴이 다시 한번 구겨졌다. 그는 침이라도 내뱉듯이 중얼거렸다.

"씨발, 아침부터 재수 없게. 나가."

미령은 아무 반응도 보이지 않았다. 그의 위압적인 태도는 예상했던 대로였다. 짐승은 두려우면 몸을 부풀리기 마련이니까.

"묻고 싶은 게 있어서 왔어요."

"나가라고 했어."

백천수의 말이 떨어짐과 동시에 그의 옆으로 죽 세워져 있던 책장의 유리가 산산조각 났다. 백천수는 반사적으로 몸을 웅크렸다. 미령이 던진 재떨이가 바닥을 굴렀다.

"이런, 미친⋯⋯."

"묻고 싶은 게 있다고 했어."

미령은 그를 잡아먹을 듯이 노려보았다. 그는 미령에게 찢어 죽이고, 갈아 없애도 시원치 않을 사람이었다. 찾고자 한다면 이렇게 쉽게 찾아낼 수 있었지만 지난 30년간 그렇게 하지 않은 것은 이 남자를 만나면 자신이 어떤 짓을 저지를지 몰랐기 때문이다.

지금에 와서 찾아온 까닭은 절대 이해가 가지 않는 것이 있어서였다.

"30년 전에, 우리 엄마를⋯⋯."

"시끄러워! 이제 와서 뭘 어쩌자는 거야. 난 이미 그때 네 아비한테 당할 짓 안 당할 짓 다 당했어. 재수 없이 니 애미가 죽는 바람에 네 아버지가 무슨 짓을 저질렀는지 알아?"

미령은 내내 간신히 붙들고 있던 참을성이라는 끈이 끊어지는 소리를 들었다. 그녀는 한 번의 걸음으로 백천수의 코앞까지

다가갔다. 그의 멱살을 쥔 채로 몸을 밀어붙였다. 깨진 책장에
백천수의 몸을 눌렀다. 매달려 있던 유리들이 백천수의 어깨 위
로 떨어졌다. 백천수가 으르렁거리듯 자신의 멱살을 쥔 미령을
노려보았다. 미령은 그의 눈을 똑바로 응시했다.

"재수 없이?"

"그래, 재수 없이!"

백천수가 미령의 손을 뿌리쳤다. 그러고는 어깨 위에 떨어진
유리 가루를 털어냈다. 그때 사무실의 문이 열렸다. 아까 미령
을 안내해준 딜러였다. 사무실 안에서 큰 소리가 나자 들어와
본 모양이었다. 백천수가 손을 뻗으며 문을 닫으라고 말했다.
어정쩡하게 서 있던 딜러가 문을 닫고 나갔다. 마지막까지 보내
오는 호기심 어린 시선을 미령은 신경 쓰지 않았다.

"니 엄마 죽고 나서 니 아버지가 우리 집을 어떻게 들쑤셔놨
는지 알아? 나는 그때 일로 이혼당하고 평생 번 걸 위자료로 다
뜯겼다고. 이제야 좀 살 만하니까 그 딸이 찾아와? 내가 뭘 그렇
게 죽을죄를 지었어?"

허, 하고 미령은 토하듯 숨을 뱉었다. 인간이 어떻게 이렇게
뻔뻔할 수 있는지 믿기지가 않았다. 피해자인 엄마는 그 일로
목숨을 끊었다. 자신은 아버지를 증오하게 됐다. 이 모든 일의
원흉인 이 남자는 재혼까지 해서 멀쩡히 잘 살고 있었다. 지난
30년의 세월이 바보처럼 느껴졌다.

"한 가족의 인생을 뭉개놓고, 말이면 다인 줄 알아?"

"나 혼자 그랬어?"

백천수가 외치는 소리에 미령은 머리를 한 대 얻어맞은 사람처럼 순간 정신이 멍했다.

"뭐?"

미령이 알아듣지 못한 것을 눈치채지 못했는지, 백천수는 잡았던 목둘레의 구겨진 옷을 손으로 탁탁 펴며 말했다.

"나도 니 아버지한테는 미안하게 생각해. 그래도 네 엄마는 책임지려고 했다고. 그래, 솔직히 말하면 이혼하면 네 엄마가 나한테 올 거라고 생각했어. 니 아버지 때문에 엄청 외로워했으니까."

"뭐라는 거야."

심장이 쿵쿵 뛰었다. 변명 정도는 하리라고 생각했지만, 지금 백천수가 하는 말이 쉽사리 이해가 되지 않았다. 아버지 때문에 엄마가 외로워서 어떻게 했다고? 이혼하면 엄마가 누구한테 올 거라고 생각했다고? 그런 건 성폭행범한테서 나올 말이 아니었다. 이건 마치……

혼란스러워하는 미령을 보며 백천수는 복수라도 하듯이 그녀를 노려보았다.

"그리고 네 엄마가 나 때문에 죽은 줄 알아?"

"무슨……"

"네 엄마는 너 때문에 죽었어!"

17

미령의 귀에서 이명이 들려왔다. 불길하고 또 불길한 소리였다. 엄마가 자신 때문에 죽었다니, 이해할 수 없는 이야기였다. 가슴 밑바닥에서부터 올라오는 불길한 기운을 떨치려 고개를 거칠게 저었다.

"무슨 말 같지도 않은 소리야. 당신이, 엄마를 성폭행했잖아!"

미령이 비명 같은 소리를 질렀다. 백천수는 눈을 휘둥그렇게 떴다. 그는 조금 전 미령의 얼굴과 같은 표정이 되어 한참이나 눈을 껌벅였다. 그러더니 짚이는 게 있다는 듯 픽, 웃었다. 그는 미령을 밀치고 느긋한 걸음으로 소파에 가 앉았다.

"그렇게 정리했구만, 네 아빠가."

"무슨 말을……."

"외도였어."

쿵, 하고 심장께에 뭔가 떨어지는 소리가 들렸다. 아무 말도 못 하고 서 있는 미령을 백천수가 돌아보았다. 입가에 비릿한 웃음이 걸려 있었다. 미령이 듣지 못했으면 몇 번이라도 다시 말해준다는 표정으로 그가 말했다.

"외도였다고. 네 엄마랑 나."

"말도 안 돼."

미령은 홀린 듯이 고개를 저었다. 백천수가 미쳤다고 생각했다. 엄마가 죽고 없으니 이제 와 증명해줄 사람도 없다고 말을 지어내는 것이다. 저 악마 같은 새끼가 이제 와서 자신의 삶이 흔들릴까 봐 겁이 나서 마구 말을 뱉는 것이다. 엄마가 그럴 리가 없지 않은가, 엄마가.

미령의 발 아래에서 깨진 유리가 뭉개지는 소리가 났다. 미령은 그 위를 지나 출입문 쪽으로 향했다. 말도 안 돼. 그런 소리가 계속 입 밖으로 나왔지만 미령은 더 이상 백천수의 멱살을 잡고 싶지 않았다. 이곳에서 나가고 싶다는 생각뿐이었다. 불안한 기운이 점점 형체를 드러내려 하고 있었다. 그것이 나오면 이번에는 자신의 삶이 부서지리라는 것을 그녀는 본능적으로 알고 있었다.

미령이 문손잡이를 쥘 때였다.

"기억 안 나? 네가 봤잖아."

미령이 뒤돌아보았다. 백천수가 느물거리며 웃고 있었다. 그 얼굴을 보는 순간 미령이 내내 억누르던 무언가가 튀어나왔다. 그것은 기억이었다. 30년 전 그날의 기억. 거기에는 미령이 외면하고 싶은 의문이 뒤섞여 있었다.

미령은 그날 비명 소리에 깬 것이 아니었다. 성폭행이었다면 엄마는 왜 소리를 지르지 않았을까. 단순히 잠들어 있는 아이에게 보이고 싶은 모습이 아니어서?

"니 엄마는 그때 외로웠다."

"거지 같은 소리 하지 마."

"니 아빠가 돈 번다고 매일 밤낮으로 집을 비우니 그럴 만도 했겠지. 남편 있는 여자 옆구리 찌른 나도 아무 죄 없다고는 못하겠다만."

"……말도 안 되는 소리 하지 말라고!"

"너도 기억하잖아! 네가 본 걸! 그리고 네가 그 여잘 피했잖아!"

머릿속에서 뭔가 뚝 끊어지는 듯한 소리가 들렸다. 이명이 더욱 심해졌고 눈앞이 흔들렸다. 내가 엄마를 피했다고? 그런 기억은 없었다. 자신의 기억 속에서 엄마는, 피해자였다. 성폭행을 당했고, 아버지에게 욕설과 폭행을 당했고, 그래서 목숨을 내던진 피해자. 그런데 그 가해자가 자신이라는 소리는 원망으로 점철된 그녀의 지난 30년을 모조리 부수는 것이었다.

"물론 그날은 내가 잘못했지. 하고는 싶은데 집에 마누라가 있는 바람에 네 엄마한테 기어들어 갔다. 넌 잠들어 있었으니까 괜찮을 거라고 생각했는데, 네가 깨어났어. 네가 봤고."

미령은 귀를 막고 싶었다. 그러나 백천수는 눈 하나 깜짝하지 않고 말했다.

그 이후로 엄마는 아버지에게 이혼하고 싶다고 말했다고 한다. 아버지는 절망했다. 백천수의 집을 모조리 망가트려놓고 그에게 숱한 주먹질을 해도 화가 풀리지 않았다. 엄마는 아버지에게 백천수를 사랑한다고 말했고, 화가 난 아버지는 엄마에게 더럽다고 말했다. 아버지는 엄마에게 미령이 이 일을 알게 하면 가만두지 않겠다고 말했다.

엄마는 미령을 데리고 도망갈 생각을 했다.

'미령아, 엄마랑⋯⋯.'

그렇게 말하던 엄마의 목소리가, 이제 와 어렴풋이 기억이 났다.

"그때 네가 손을 놓았다고 했어."

"아냐."

"더럽다고 생각했지?"

"아냐!"

미령은 귀를 막고 싶었다. 아무것도 듣고 싶지 않았고 생각하고 싶지 않았다. 하지만 백천수의 말은 미령의 머릿속에 어느 날의 기억을 떠올리게 했다. 그런 것이 아니었다. 엄마의 그런 일을 봐서가 아니었다. 매일같이 아버지와 싸우는 엄마가 조금 무서웠다.

'미령아, 엄마랑…….'

그렇게 말하는 엄마의 눈이 조금 무서웠다. 아주 조금이었다. 그래서 자기도 모르게 손을 뺐다. 그뿐이었다. 여전히 엄마를 사랑했다.

"아냐……. 그런 게 아니라고……."

"그러고 나서 자살했지. 자기가 한 짓이 무슨 뜻이라는 걸 네가 알지 못할 거라고 생각했는데……. 자식한테 그렇게 더러운 꼴을 보이고 살 자신이 없다고 유서를 남겼다더라. 그러고 나서 네 아버지가 날 찾아왔다. 이 동네를 떠나라고. 네가 아무것도 알아서는 안 된다고."

다리에 힘이 풀려 미령은 그 자리에 주저앉아버렸다. 눈물도 나오지 않았다. 오히려 하, 하고 어이없는 웃음이 나왔다. 30년이었다. 단 한 번도 행복하지 않은 30년이었다. 아버지가 엄마를 죽게 만들어버렸다고 생각했다. 아버지를 증오했다. 그 삶은 지옥 같았다.

아버지는 그게 딸을 위하는 일이라고 생각했다. 자신 때문에 엄마가 죽었다고 생각하면 미령이 버틸 수 없을 거라고 생각했던 것이다. 그만큼 미령은 엄마를 너무 좋아했다.

이런 바보 같은 일이 어디 있나. 이런 바보 같은 인생이 또 어디에.

문득 채은호의 말이 떠올랐다.

'선배. 한집에서 살던 사람들한테는 비슷한 느낌이 남아 있는 것 같아요.'

알고 했던 말인지, 아닌지는 알 수 없었다. 하지만 틀린 소리가 아니었다. 아버지와 자신은 결국 같은 사람이었다. 행여 상처를 입을까, 그저 눈을 가리는 것만을 택했다. 그것이 자식을 지키는 거라는 명목하에.

미령은 바닥을 짚고 일어섰다. 어석거리는 유리 가루가 손바닥에 박혔다. 핏방울이 맺히는 줄도 모르고 그대로 사무실을 나왔다.

사무실에서 나오는 그녀를 딜러가 이상한 눈으로 쳐다보았다. 무슨 일이라도 있으면 당장 달려들 생각이었던 모양이다. 일이 생긴 것은 오히려 미령이었다. 그것은 그녀가 살아온 인생 전체가 뒤흔들리는 일이었다.

머릿속이 멍했다. 엄마와, 엄마의 손을 놓던 그날과, 엄마를 때리던 아버지와, 아버지를 증오하던 날들을 떠올렸다. 엄마의 영정 사진과, 그 앞에서 울지도 않던 아버지와, 그런 아버지에게 증오를 토해내던 자신이 다시 떠올랐다.

미령은 차에 올라타 눈을 감았다. 휴대폰이 진동했다. 화면에는 채은호의 이름이 떴다. 그 이름을 보고도 아무런 생각이 들지 않았다. 모든 것이 엉망이었다. 이렇게 엉망인 인생으로 만들어놓고도 아버지는 그것이 자신을 위하는 일이라고 생각했다.

그리고…….

그녀는 혜리에게 그것이 널 위하는 일이라고 말했다.

눈을 떴을 때 병실은 어두컴컴해져 있었다. 또 잠이 든 모양이었다. 혜리는 눈을 깜박이며 어두워진 천장을 올려다보았다. 머리가 무거웠다. 다시 잠이 들고 싶었다. 아니, 이대로 깨어나지 않고 싶었다. 차라리 집에 있을 때가 편했다. 잠을 자지 않을 때에는 게임에 빠져들 수 있었다. 지금은 깨어나면 생각이 이어진다. 죽고 싶다는 생각들이.

"네가 그런 일을 당했다는 걸 처음 알았을 때……."

어둠 속에서 느닷없이 목소리가 들려와 혜리는 흠칫 놀랐다. 소리가 난 쪽으로 고개를 돌려보니 검은 형체가 있었다. 커튼이 쳐진 창 너머에서 들어온 어슴푸레한 빛은 형체의 얼굴을 가리고 있었다. 그러나 목소리만으로 알 수 있었다. 엄마였다. 채은호 형사가 붙인 간병인은 어디로 갔는지 모를 일이었다. 다만 엄마가 오랜 시간 자신의 옆을 지키고 있었음을 알 수 있었다.

혜리는 아무 말 없이 엄마를, 엄마의 검은 형체를 보았다.

"그 새끼를 죽이고 싶었어. 찢어버리고 불태우고 갈아 마셔도 속이 시원치가 않을 것 같았어. 그런데 말이야, 내가 형사라는 걸 떠나서 어떤 식으로든 그 새끼를 벌했으면 이런 일이 없었을까?"

혜리는 대답하지 않았다. 말한다고 변하는 일은 없었다. 엄마가 갑자기 왜 이런 말을 하는지 이해할 수는 없었지만, 적어도 혜리의 인생은 그랬다. 처음 그 일을 당했을 때, 엄마는 자신에게 말했다. 아무 일도 없었던 거라고.

"난 너무나 잘 알고 있었어. 너무 많이 봐왔다고. 고통을 받는 건 너뿐이야. 여기저기 증언을 해야 하고 그 얘기를 몇 번이나 반복해야 하지. 그사이에 소문이 날 대로 나서 너는 학교에 다니기도 힘들 거야. 왜냐면 다들 널 성폭행 피해자로 볼 거니까. 모두 널 어떻게 대해야 할지 모를 테니까. 모두 널 보면서 그 일을 떠올릴 테니까. 가해자인 새끼들은 잘해봐야 소년원 몇 달 들어갔다가 다시 돌아와. 그럼 넌 또다시 고통을 겪어야 할 거고. 내가 너무 잘 아는 얘기야, 그건."

그래서 엄마 뜻대로 다 했잖아.

혜리는 대답하고 싶었지만 말하지 않았다. 말한다고 바뀌는 일은 아무것도 없다. 지금까지의 일로 혜리는 많은 것을 포기했다. 스스로 일어나고자 하는 의욕까지도.

누워 있는 혜리는 아무런 움직임도 없었지만 미령은 말을 계속 이었다.

"나는 지금까지도 다시 그 순간으로 돌아간다고 해도 같은 선택을 할 거야. 널 경찰서로 끌고 가지 않을 거야."

혜리는 눈을 감았다. 돌아누웠다. 아무 얘기도 듣고 싶지 않았다.

"내가 잘못한 거지? 그러지 말아야 했던 거지?"

미령의 목소리는 떨리고 있었다. 혜리는 뭔가 심상치 않은 것을 느꼈다. 갑자기 사라졌다가 돌아온 엄마가 뭔가 바뀌었다는 것을 깨달았다. 하지만 마음속 깊이 박힌 미움과 원망이 혜리를 바로 움직이게 하지 않았다. 미령의 말이 계속되었다.

"네가 피투성이가 되더라도 싸우게 했어야 했는데. 내가 옆에서 도움이 되어줬어야 했는데. 같이 싸웠어야 했는데……. 근데 난 그게 널 위하는 거라고, 그렇게 생각했단 말이야."

"……왜 그래?"

혜리가 천천히 일어났다. 미령은 울고 있었다. 혜리가 그런 일을 당한 것을 알았을 때도 미령은 울지 않았다. 혜리가 강해져야 한다고 말했다. 미령은 강한 사람이었다. 강한 사람으로 보였다. 그런데 지금 미령이 울고 있었다. 지금의 그녀는 강해 보이지 않았다. 약하디약한 사람이었다.

"무슨 일 있어?"

"내 맘대로 생각했어. 내 맘대로 널 위하는 거라고 생각했어. 점점 네가 망가져가는 걸 보면서도 멈출 수가 없었어. 돌이킬 수 없다고 생각했는데……."

"엄마."

"지금이라도 돌이킬 수 있을까?"

병실에 침묵이 흘렀다. 혜리는 미령의 벌게진 눈을 응시했다. 미령은 떨고 있었다. 혜리는 그녀의 떨리는 손을 제 손으로 가만히 덮었다.

"사실 나도 무서웠어."

미령이 혜리를 보았다.

"그 자식을 죽여버렸을 때, 너무 무서웠어. 할아버지가 날 숨겨준다고 해서 그렇게 했어. 몇십 년이나 우리를 버린 할아버지니까 그 정도는 해줘도 되지 않나 하고 생각했어. 처벌받는 게 너무 무서워서. 그런데 그 뒤로도 너무 괴로웠어. 견딜 수가 없었어. 사라지고 싶었어. 근데 나 죄를 짓고도 아무렇지 않게 살던, 그 자식처럼 되고 싶지는 않아."

혜리는 웃었다. 그런 그녀는 지금 강해 보였다.

혜리는 한 손을 미령의 손에 얹은 채로 다른 손으로 서랍을 열었다. 짤그랑하는 소리가 미령의 시선을 끌었다. 서랍 안에 수갑이 들어 있었다. 채은호가 혜리의 손에서 풀어놓고 간 것이었다. 무슨 생각으로 그것을 여기에 놓고 갔는지 그 의미가 짐작되었다.

혜리가 수갑을 들어 미령에게 내밀었다.

"엄마, 나 이제 그만할게."

미령이 대답했다.

"억울할 거야."

혜리가 웃었다.

"재판에서 조금은 참작해주지 않을까?"

"무서울 거야."

"지금보다 더는 아니겠지."

"엄마가 같이 해줄 수가 없어."

"기다려줄 거잖아. 돌아올 때까지."

미령은 대답 대신 혜리를 안아주었다. 그 포옹은 언제까지고 계속되었다.

그날 밤, 미령은 혜리를 데리고 은파경찰서로 향했다. 강력반 안으로 들어서는 미령을 보고 다가서던 강 팀장은 옆에 선 혜리를 보고 놀란 얼굴을 했다.

"자수하러 왔어요."

미령은 혜리의 손을 힘주어 꾹 잡았다.

혜리의 자수 소식을 채은호에게 전한 것은 강 팀장이었다. 혜리가 자수하리라는 것은 채은호도 짐작하고 있었다. 채은호는 길가에 차를 멈춰 세웠다. 급작스러운 제동에 파열음이 도로를 덮쳤다. 채은호의 몸이 앞뒤로 크게 들썩였다. 그는 귀에 꽂힌 이어폰에 대고 소리를 질렀다.

"선배 좀 바꿔주세요, 빨리요!"

이어폰 너머로 뭔가 소리가 들렸다. 강 팀장이 미령에게 뭔가 설명하는 것 같았다.

한참 만에 미령이 전화를 받았다. 그녀의 목소리가 전해지자 마자 채은호는 소리를 질렀다.

"선배, 빨리 경찰서 앞으로 나와요. 제가 금방 갈 테니까!"

미령이 채 뭐라고 묻기도 전에 채은호는 전화를 끊고 이어폰을 귀에서 빼 던져버렸다. 그러고는 급하게 출발했다. 차바퀴에서 튀어 나간 먼지가 부옇게 일었다.

경찰서 앞에는 미령이 나와 있었다.

"타요!"

채은호가 급히 소리를 질렀다. 미령은 어리둥절한 얼굴을 했지만 곧 차에 올라탔다. 다시 채은호의 차가 출발했다.

"하루 종일 전화했어요."

"어디 가는 거야?"

"병원에요."

"……."

"최석태 씨, 병원으로 이송됐어요. 마지막일 거라고……."

채은호는 차마 말을 끝맺지 못했다. 미령이 가만히 앞을 응시하다 창밖으로 고개를 돌렸다. 채은호는 액셀러레이터를 더 힘주어 밟았다. 길과 나무와 차들이 빠르게 뒤로 젖혀졌다.

"아버지는 내 인생을 망쳤어. 그러고도 나를 위하는 일이라고 생각했겠지. 내가 엄마를 너무 좋아했거든. 나 때문에 자살한 거라고는 말할 수 없었겠지."

채은호는 미령이 하는 말이 무슨 뜻인지 알 수 없었다. 하지만 묻지 않았다. 미령이 계속 말을 이었다.

"나도, 혜리의 인생을 망쳤어. 혜리를 위하는 일이라고 생각했고."

그녀는 어이가 없다는 듯이 웃었다.

"정말 바보 같은 핏줄 아니니?"

시속 100킬로를 넘어섰다. 엔진의 소음이 커졌다. 미령은 두 손을 들어 눈을 가렸다. 손바닥 아래에서 어떤 표정이, 어떤 감정이 소용돌이치고 있을지 채은호는 알 수 없었다.

차가 드디어 병원으로 진입했다. 정차하자마자 채은호는 운전석에서 빠르게 내렸다. 병원 안으로 뛰어 들어가려던 다급한 발걸음이 우뚝 멈췄다. 채은호는 여전히 차 안에 앉아 있는 미령을 보았다. 그녀는 알 수 없는 표정으로 정면을 응시하다가 천천히 내렸다. 그녀의 몸이 일순 휘청였다. 채은호는 그녀의 팔을 잡았다. 미령의 얼굴이 하얗게 질려 있었다. 전혀 괜찮지 않은 얼굴로 괜찮다는 듯 손을 내보였다. 두 사람은 말없이 엘리베이터에 올라타 12층에서 내렸다.

"1인실로 들어가셨어요."

그걸로 모든 것이 설명되었다. 이제 최석태의 숨은 경각에 달려 있었다. 다인실이나 응급실에서 죽음을 맞이하게 할 수는 없다. 다른 환자에게 심적 충격을 줄 수도 있기 때문이었다.

채은호를 따라 미령은 병실 앞으로 갔다. 채은호가 숨을 몰아쉬고는 문을 열었다. 구치소장과 교도관 한 명이 의료진과 함께 서 있다가 돌아보았다. 그들은 미령을 보고는 아무 말 없이 최석태의 침대 앞에서 비켜섰다.

20년 만의 만남이었다.

최석태의 입에는 인공호흡기가 꽂혀 있었다. 거친 숨소리가 그 사이로 새어 나왔다. 눈을 감은 최석태는 마치 해골 같아 보였다. 자신이 알던 아버지의 모습이 아니었다. 입이 움푹 들어가 있었고 손가락은 뼈밖에 남아 있지 않았다.

딸이 왔다는 것을 알았을까. 최석태의 눈꺼풀이 파르르 떨렸다. 눈을 뜬 것인지는 알 수 없었다. 그의 팔이 천천히 들려졌다. 과거를 돌이키고 싶은 미련인지, 현재를 잡고 싶은 욕심인지, 힘을 다해 손가락을 미령을 향해 뻗었다.

"선배."

채은호가 미령의 어깨를 잡았다. 그러나 그의 의도와는 달리 미령은 간절하게 뻗은 그 손을 잡지 못했다. 대신 그녀의 입이 열렸다. 믿을 수 없을 정도로 침착한 목소리였다.

"아빠."

최석태의 손가락이 살짝 움직였다.

"물어보고 싶은 게 있어. 말해줘. 엄마는 피해자였던 거지?"

"선배!"

심장 박동기의 숫자가 가파르게 올라갔다. 호흡기에서 쇳소리가 들려왔다. 하지만 누구도 앞으로 나서지 않았다. 이미 최석태는 심폐 소생술 거부 서약서에 서명을 했다. 아무도 그가 편해지는 것을 막을 권리가 없었다.

병원으로 오면서 미령은 생각했다. 만약 시간을 되돌린다면, 그 순간으로 다시 간다면 혜리가 성폭행당했던 사실을 밝힐 수 있었을까. 지금의 후회를 돌릴 수 있을까. 최석태는…… 아버지는 지난 시간들을 후회하지 않을까.

아버지가 만약 어머니의 부정을 숨기고자 거짓을 말했다면, 어머니의 죽음에 미령도 연루돼 있었다는 사실을 감추려 한 것이라면, 지금 이 순간 진실을 말할 경우 원망으로 지탱해온 삶이 무너질 것만 같았다. 그녀는 자신의 마음과 직면했다. 어쩌면 나는 또 한 번의 거짓말을 바라는지도 모른다고.

미령이 최석태를 향해 한 발짝 다가섰다.

최석태의 목이 크게 한 번 뒤로 꺾였다. 이마의 힘줄이 불거졌다. 호흡기 안쪽에서 최석태는 입을 열기 위해 온 힘을 다했다. 미령이 허리를 숙여 최석태의 입가로 귀를 가져갔다. 마지막 힘을 쥐어짜내듯 최석태의 입술이 벙긋거렸다.

찢어질 듯한 기계음이 병실 안을 울렸다.

최석태가 뭐라고 답을 했는지, 그 소리가 미령에게 전해졌는지 채은호로서는 알 수 없었다. 모든 기운을 소진한 최석태의 입술이 멎은 뒤에도, 미령이 기울였던 몸을 좀처럼 일으키지 못하는 모습을 채은호는 한없이 바라보았다.

두 번째 거짓말

©정해연, 2020

지은이 정해연	1판 1쇄 인쇄
펴낸이 한기호	2020년 7월 24일
책임편집 도은숙	1판 1쇄 발행
편집 정안나, 유태선, 염경원, 김미향, 김민지	2020년 8월 7일
마케팅 윤수연	
디자인 스튜디오 프랙탈	
경영지원 국순근	

펴낸곳 요다
출판등록 2017년 9월 5일 제2017-000238호
주소 04029 서울시 마포구 동교로12안길 14 삼성빌딩 A동 2층
전화 02-336-5675   팩스 02-337-5347
이메일 kpm@kpm21.co.kr

ISBN   979-11-90749-05-3 (04810)
       979-11-89099-32-9 (세트)

요다는 한국출판마케팅연구소의 임프린트입니다.
잘못된 책은 구입처에서 교환해드립니다.
책값은 뒤표지에 있습니다.
이 도서의 국립중앙도서관 출판예정도서목록(CIP)은
서지정보유통지원시스템 홈페이지(http://seoji.nl.go.kr)와
국가자료종합목록 구축시스템(http://kolis-net.nl.go.kr)에서
이용하실 수 있습니다. (CIP제어번호 : CIP2020028243)